Por un día más

D1054041

DISCARDED FROM
GARFIELD COUNTY PUBLIC
LIBRARY SYSTEM

Garfield County Libraries
GARFIELD COUNTY LIBRARIES
Parachute Branch Library
244 Grand Valley Way
Parachute, CO 81635
(970) 285-9870 – Fax (970) 285-7477
www.gcpld.org

OTROS LIBROS POR MITCH ALBOM

Las cinco personas que encontrarás en el cielo
Martes con mi viejo profesor
Fab Five
Bo

Por un día más

Mitch Albom

TRADUCIDO DEL INGLÉS POR
EDUARDO BERTI

NEW YORK

"This Could Be the Start of Something Big"
Copyright © 1956 Rosemeadow Publishing Corp.
Copyright Renovado 1984, Asignado a Meadowlane Music, Inc.
International Copyright Secured. Todos los derechos reservados. Utilizado con autorización.

Copyright © 2006 Mitch Albom, Inc.

Todos los derechos reservados. Se prohibe utilizar o reproducir cualquier parte de este libro en manera alguna sin previo permiso escrito por parte de la editorial. Impreso en los Estados Unidos de América. Para recibir información, diríjase a Hyperion, 77 West 66th Street, New York, New York 10023-6298.

ISBN: 978-1-4013-0363-1
Paperback ISBN: 978-1-4013-0950-3

Los libros de Hyperion pueden ser adquiridos para uso promocional. Para recibir más información, contacte a: Michael Rentas, Proprietary Markets, Hyperion, 77 West 66th Street, 12th floor, New York, New York 10023, o llame al 212-456-0133.

10 9 8 7 6 5 4 3 2 1

Por un día más

"Déjame adivinar.
Tú quieres saber por qué intenté suicidarme".

—Las primeras palabras que me dijo Chick Benetto.

Prólogo

ESTA ES LA HISTORIA DE UNA FAMILIA y, puesto que hay
un fantasma involucrado en ella, podría considerársela una
historia de fantasmas. Toda familia, en cierto modo, vive su
propia historia de fantasmas. Los muertos comparten la mesa
con nosotros mucho después de haberse ido.

ESTA HISTORIA EN particular trata de Charles
"Chick" Benetto. Él no era ningún fantasma. Él estaba bien
vivo cuando lo encontré, un sábado por la mañana, en las gradas de un campo de juego de una pequeña liga de béisbol.
Vestía una gruesa chaqueta color azul marino y mascaba un
chicle de menta. Tal vez recuerden cuando él jugaba al béisbol. En una época de mi vida trabajé como periodista de deportes, así que su nombre me sonó familiar en varios aspectos.

Ahora que lo pienso, fue azaroso cruzarme con él. Yo había viajado a Pepperville Beach para cerrar la venta de una
casa que por años fue propiedad de nuestra familia. Camino
de regreso al aeropuerto, me detuve para tomar un café. Del
otro lado de la calle había un terreno donde unos niños vestidos con camisetas moradas lanzaban y bateaban. Me sobraba
el tiempo. Me quedé observándolos.

Mientras me hallaba ahí, junto a la reja, con los dedos apoyados en el alambre, un anciano pasó maniobrando una podadora. Arrugado y quemado por el sol, llevaba medio cigarro en la boca. Apenas me vio, apagó la máquina y quiso saber si uno de aquellos niños era hijo mío. Le dije que no. Me preguntó qué estaba haciendo entonces en el lugar. Le conté acerca de la casa. Me preguntó cómo me ganaba la vida y cometí el error de hablarle también de eso.

—Así que periodista . . . —dijo, mordisqueando el cigarro. Entonces me señaló a alguien sentado a solas en las gradas, de espaldas a nosotros—. Debería prestarle atención a ese tipo. Ahí tiene una buena historia.

Todo el tiempo oigo esa frase.

—¿Ah, sí? ¿Y por qué?

—Fue jugador profesional.

—Sí . . .

—Creo que llegó a jugar en una Serie Mundial.

—Mmm . . .

—Y trató de suicidarse.

—¿Qué?

—Sí —dijo el anciano y resopló por la nariz—. Por lo que sé, tiene mucha suerte de estar vivo. Chick Benetto, se llama. Su madre vivía por aquí. Posey Benetto —rió entre dientes—. Qué gran mujer . . .

Arrojó el cigarro al suelo y lo pisoteó.

—Vaya y pregúntele, si no me cree —añadió antes de volver a la podadora.

Me aparté de la reja. Mis dedos se habían impregnado de óxido.

Cada familia vive su propia historia de fantasmas.

Me acerqué a las gradas de la pequeña tribuna.

ᐧᐧ LO QUE A continuación transcribo es lo que Charles "Chick" Benetto me contó acerca de él y su madre aquella mañana en que conversamos, sumado a apuntes personales y páginas de su diario íntimo que encontré tiempo después, por mi cuenta. Reuní todas estas cosas en el texto que sigue y adopté su voz porque dudo que ustedes vayan a creer la historia de no oírla en sus palabras.

Así y todo, existen grandes posibilidades de que no la crean.

En tal caso, al menos pregúntense esto: ¿alguna vez han perdieron a un ser amado y desearon poder hablar una vez más con él, desearon otra oportunidad para recuperar aquella época en la que pensaban que esa persona estaría aquí para siempre? De ser así, tal vez ya sepan que pueden pasarse la vida coleccionando nuevos días y, sin embargo, ninguno de esos días tendrá real consistencia comparado con aquel que tanto querrían revivir.

¿Y entonces, qué pasaría si lo pudiesen revivir?

mayo 2006

I. Medianoche

La historia de Chick

*D*ÉJAME ADIVINAR. Tu quieres saber por qué intenté suicidarme.

Quieres saber cómo sobreviví. Por qué desaparecí. Dónde anduve todo este tiempo. Pero antes que nada, quieres saber por qué intenté suicidarme, ¿no es cierto?

No hay problema. Todos quieren saber lo mismo. Se comparan conmigo. Es como si hubiese una línea divisoria en el mundo. Si uno nunca la cruza, nunca piensa en arrojarse de un edificio o en tragar un frasco entero de pastillas. Pero si uno la cruza, entonces todo parece posible. La gente supone que he cruzado esta línea. «¿Iré tan lejos como él?», se preguntan.

La verdad es que no existe tal línea. Lo único que existe es tu vida: los problemas en los que te vas metiendo y las personas que están allí para salvarte.

O las que no están.

AL VOLVER LA vista atrás, siento que lo peor empezó el día que murió mi madre, hace diez años. Yo no estaba presente cuando esto ocurrió, pero tendría que haber estado. A falta de una excusa válida, mentí. Mala idea. Un funeral no es un lugar para mentiras ni secretos. De modo que ahí estaba yo, plantado junto a su tumba, tratando de expiar mis culpas, cuando mi hija de catorce años me tomó de la mano y murmuró: «Siento mucho, papá, que no hayas tenido la posibilidad de despedirte de ella». Fue entonces cuando me quebré. Caí de rodillas, llorando, y me manché los pantalones con el césped mojado.

Después del funeral me emborraché tanto, que terminé medio desmayado en un sillón. Y a partir de ese instante algo cambió radicalmente. Un día puede quebrar tu vida en dos, y al parecer aquel día estaba quebrando mi vida para siempre.

De niño, mi madre me había colmado de atenciones, consejos, críticas y regaños. Lo típico de las madres que asfixian a sus hijos. Hubo momentos en que deseé que me dejara tranquilo.

Ahora lo hacía. Estaba muerta y me dejaba en paz. No más visitas, no más llamadas telefónicas. Y, sin darme cuenta, empecé a naufragar, como si me hubiesen arrancado las raíces, como si flotara a la deriva en un río. Las madres alimentan ciertas ilusiones acerca de sus hijos, y una de estas ilusiones era que yo me amaba mucho puesto que *ella* me amaba mucho. Con la muerte de mi madre, esta idea murió.

La verdad es que no me amaba a mí mismo, en absoluto. En el fondo me veía como un joven y promisorio deportista, cuando en realidad ya no era ni joven ni deportista. Me había convertido en un vendedor de mediana edad. Mis tiempos de ser una promesa habían pasado hacía mucho.

Un año después de que muriese mi madre, tomé la peor medida financiera que podría haber tomado. Dejé que una vendedora me convenciera de las bondades de cierto negocio que consistía en la compra de acciones. Lucía joven, hermosa y risueña en aquel pequeño traje con dos botones estratégicamente desabrochados. Los hombres mayores nos amargamos al ver pasar mujeres así. Excepto, claro, si nos hablan. En ese caso nos volvemos estúpidos.

Nos citamos tres veces para conversar de negocios: dos en la oficina de ella y la tercera en un restaurante griego, nada malo. Cuando su perfume acabó de hechizarme, yo ya había puesto casi todos mis ahorros en unas acciones que hoy no valen ni un centavo. Muy pronto ella fue «transferida» a la costa oeste. Tuve que explicarle a mi esposa, Catherine, lo que había sucedido con el dinero.

A continuación me puse a beber todavía más —los deportistas de mi época bebían— y esto acabó siendo un inconveniente porque me despidieron de dos empleos como vendedor. Y el hecho de ser despedido hizo que siguiera bebiendo. Dormía muy mal. Comía muy mal. Era como si envejeciera sin moverme. Cuando encontraba un trabajo, llevaba en los bolsillos enjuague bucal y gotas para los ojos, y me precipitaba al baño antes de ver a un cliente, con el propósito de hacerme presentable. Los fines de semana, dormía hasta bien entrada la tarde. El dinero se volvió un problema; Catherine y yo discutíamos al respecto constantemente. Al poco tiempo, nuestro matrimonio se derrumbó. Mi mujer se cansó de todas mis miserias, y no puedo culparla. Cuando te desagradas a ti mismo, te vuelves desagradable para los demás, incluyendo la gente que amas. Una noche, Catherine me encontró desmayado en el sótano, con los labios partidos y un guante de béisbol sobre el pecho.

Casi enseguida dejé a mi familia. O, en realidad, ellos me dejaron a mí.

Todavía me siento avergonzado de eso.

Me mudé a un apartamento. Me volví antipático y distante. Evitaba a todo el mundo, salvo a quienes bebían conmigo. Si hubiera estado viva, mi madre tal vez habría sabido qué decirme, porque era muy buena consejera y acostumbraba abrazarme y murmurar: «Vamos, Charley, cuéntame lo que te pasa». Pero ella ya no estaba, y esto ocurre cuando tus padres se mueren: sientes que en vez de pelear de la mano de alguien que te apoya, ahora debes pelear solo.

De modo que una noche, a principios de octubre, decidí matarme.

Tal vez te sorprenda. Tal vez pienses que los hombres como yo, los que jugamos una Serie Mundial, nunca caemos tan bajo ni pensamos en el suicidio porque, en el fondo, hemos «hecho realidad» un sueño, o algo por el estilo. Lamento informarte que no es así. Lo que sucede cuando tu sueño se hace realidad es que, poco a poco, te das cuenta de que no era tal como lo imaginabas.

Y que este sueño no podrá salvarte.

SI ALGO ACABÓ conmigo, si algo me empujó al abismo fue el matrimonio de mi hija. En aquella epoca tenía veintidós años. Su pelo era largo, lacio y de color castaño, como el de su madre, y también tenía sus mismos labios carnosos.

Mi hija se casó un día, por la tarde, con un «muchacho maravilloso».

Y eso es todo lo que sé porque es todo lo que ella me escribió en una carta muy escueta que llegó a mis manos pocas semanas después de la ceremonia.

Según parece, a causa de mis borracheras, depresiones y frecuentes malas conductas, yo me había convertido en un ser vergonzoso, en una persona que podía echar a perder una reunión familiar. Como compensación, recibí esa carta con dos fotos de mi hija y de su flamante esposo, tomados de la mano y de pie bajo un gran árbol, más otra foto de la feliz pareja brindando con champaña.

La segunda fotografía me destrozó. Era una de esas instantáneas que capturan un instante que nunca ha de repetirse: ambos riendo y brindando con sus copas. Tanta inocencia, tanta juventud . . . Tanto tiempo transcurrido. La foto parecía reprochar mi ausencia. *Y tú no estabas allí.* Al muchacho, ni siquiera lo conocí. Pero mi ex mujer sí. Mis viejos amigos sí. *Y tú no estabas allí.* Una vez más, había faltado a un momento clave para mi familia. En esta ocasión, no obstante, mi hija no podría tomarme de la mano y consolar-

me; ahora pertenecía a otro hombre. Ya no se me consulta-
ba. Sólo se me notificaba.

Miré el sobre, traía su nuevo apellido (*María Lang*, no
María Benetto) pero no llevaba dirección (¿temían acaso que
los visitara?), de manera que algo se hundió dentro de mí, tan
profundamente que ya no lo pude recuperar. Tras sentir que
ha sido expulsado de la vida de su propia hija, uno siente
como si lo hubiesen puesto tras una inmensa puerta de acero;
puede golpear y golpear pero nadie oirá. Y no ser oído está a
un paso de darse por vencido, y darse por vencido está a un
paso del autoabandono y el suicidio.

De modo que lo intenté.

¿Qué sentido darle a todo lo ocurrido? O, más bien,
¿qué diferencia hacía que yo siguiera vivo o no?

Cuando él volvió torpemente junto a Dios
Con sus canciones a medio escribir, con su trabajo a medio hacer,
¿Quién sabe qué caminos recorrieron sus pies heridos,
Qué colinas de paz o de dolor escaló?

Esperó que Dios le sonriera y le tomase la mano
Y le dijera: «¡Pobre haragán, tonto apasionado!
El libro de la vida es arduo de entender
¿Por qué no permaneciste en la escuela?»

**(Poema de Charles Hanson Towne,
hallado en un cuaderno entre las
pertenencias de Chick Benetto)**

Chick trata de acabar con todo

*L*A CARTA DE mi hija llegó un viernes, lo que me dio un buen pretexto para emborracharme todo ese fin de semana, del que recuerdo muy poco. El lunes por la mañana, pese a una ducha larga y fría, llegué dos horas tarde a mi trabajo. Una vez en la oficina, duré allí menos de cuarenta y cinco minutos. Mi cabeza palpitaba. El lugar parecía una tumba. Me metí en la sala de fotocopias, luego en el baño, luego en el ascensor, sin chaqueta ni maletin, de tal forma que, si alguien se percataba de mis movimientos, estos parecieran normales y no una huída organizada.

Qué estupidez. A nadie le importaba nada. La enorme empresa, con montones de empleados, podía sobrevivir sin mi presencia; y de inmediato lo supe con claridad, ya que esa caminata del ascensor al estacionamiento fue mi última acción como empleado.

CASI ENSEGUIDA LLAMÉ a mi ex mujer. La llamé desde un teléfono público. Ella estaba en su trabajo.

—¿Por qué? —dije tan pronto me atendió.

—¿Chick?

—¿Por qué? —repetí. Había tenido tres días para que

mi ira se convirtiera en pánico, y esto era todo lo que atinaba
a decir. Dos palabras: ¿por qué?

—¿Chick? —me dijo más suavemente.

—Ni siquiera recibí una invitación.

—Fue idea suya. Pensaron que era . . .

—Que era qué. ¿Más seguro? ¿Qué yo iba a hacer algo?

—No lo sé . . .

—¿Soy un monstruo, ahora? ¿Eso es lo que soy?

—¿Dónde estás?

—¿Soy un monstruo?

—Basta.

—Me voy.

—Oye, Chick, ya no es una niña, y si . . .

—¿No podías salir en mi defensa?

Silencio.

—¿Adónde te vas? —preguntó.

—¿No podías salir en mi defensa?

La oí suspirar.

—Lo siento. Es complicado. También está la familia de
él. Y ellos . . .

—¿Fuiste con alguien a la boda?

—Vamos, Chick . . . Estoy trabajando, ¿sí?

En ese instante me sentí más solo que nunca, y fue como si
esa soledad ocupara íntegramente mis pulmones, hasta impedir
que por ellos pasara la menor gota de aire. No me quedaba nada
que decir. Nada acerca de este asunto. Ni acerca de ningún otro.

—Está bien —susurré—. Lo siento.

Hubo un silencio.

—¿Adónde te vas?—volvío a preguntarme.

Y colgué.

ENTONCES, POR ÚLTIMA vez, me emborraché. Primero en un sitio llamado Mr. Ted's Pub, donde el barman era un jovencito muy flaco y de cara redonda, no mayor que el tipo que se casó con mi hija. Más tarde volví a mi apartamento y seguí bebiendo. Descargué mi furia contra los muebles. Escribí en las paredes. Creo que, en realidad, arrojé las fotos de la boda en la basura. En algún momento, en medio de la noche, tomé la decisión de regresar a casa, quiero decir a Pepperville Beach, el pueblito en que nací. Queda a tan sólo dos horas en carro, pero llevaba varios años sin ir. Recorrí mi apartamento, dando vueltas, como si me preparase para el viaje. No se necesita mucho equipaje para un viaje de despedida. Fui al dormitorio y saqué el revólver del cajón.

Llegué al garaje trastabillando. Di con mi auto, puse el arma en la gaveta y una chaqueta en el asiento trasero, o quizás en el delantero, o quizás la chaqueta estaba ahí desde antes, no lo sé, y con un violenta aceleración salí a la calle. La ciudad estaba tranquila, había un parpadeo de luces amarillas, e iba a ponerle punto final a mi vida en el mismo sitio donde había empezado.

Volver torpemente junto a Dios. Así de simple.

Con sumo orgullo anunciamos el nacimiento de

Charles Alexander

3 kilos, 600 gramos

21 de noviembre de 1949

Leonard y Pauline Benetto

(hallado entre los papeles de Chick Benetto)

*H*ACÍA FRÍO Y lloviznaba, pero la carretera estaba desierta, así que pude usar sus cuatro carriles, pasando de uno a otro sin cesar. Alguien en el estado en que yo me encontraba tendría, por lo común, que haber sido detenido por la policía. Pero eso no sucedió. En un momento hasta hice un alto en una de esas tiendas abiertas toda la noche y le compré seis cervezas a un chico asiático de bigote muy delgado.

—¿Un billete de lotería? —me ofreció.

Con los años había logrado perfeccionar un aspecto presentable para cuando estaba borracho («el alcohólico que se mantiene de pie»), así que logré pronunciar una respuesta que pareció reflexiva:

—Por ahora no, gracias.

El chico puso las cervezas dentro de una bolsa. Me topé con su mirada, con sus ojos apagados y oscuros, y pensé: «Este es el último rostro que veré en esta tierra».

Mientras tanto, él había dejado el cambio encima del mostrador.

CUANDO POR FIN vi el cartel con el nombre de mi pueblo (PEPPERVILLE BEACH, SALIDA, 1 MILLA), dos de las cervezas ya habían desaparecido y una se había derramado en el asiento del copiloto. Los limpiaparabrisas caían con golpes pesados. Yo luchaba para no dormirme. Debo de haber entrado en una suerte de sueño pensando: «Salida, 1 milla», porque al cabo de un rato vi el cartel con el nombre de otro pueblo y comprendí que me había pasado de largo. Di un puñetazo contra el tablero de instrumentos. Solté una serie de insultos y después hice girar el carro, ahí mismo, en plena carretera, y me puse a desandar camino a contramano. No había tráfico y, de haberlo, tampoco me habría importado. Debía alcanzar esa salida. Apreté con vehemencia el acelerador. Entonces surgió una rampa (la de entrada, no la de salida) y clavé los frenos para no volver a pasarme. Era una de esas largas rampas en forma de semicírculo, y yo aferraba el volante, yendo deprisa, deseoso de salir cuanto antes.

De pronto, dos grandes luces me enceguecieron, dos luces como dos inmensos soles. Se oyó la bocina de un camión, luego un impacto violento, y finalmente mi carro pasó volando por encima de un terraplén y aterrizó en una pendiente enorme y dura. Había vidrios por todas partes y las latas de cerveza rebotaban aquí y allá. Me agarré al volante mientras el carro se mecía sin parar. No sé cómo encontré la manija de la puerta. Intenté abrirla y vi, recuerdo, jirones de cielo negro y de hierba verde, a lo que sobrevino el ruido de algo como un trueno, y una cosa sólida y alta me aplastó.

෨ AL ABRIR LOS ojos, yacía sobre la hierba mojada. Mi carro había quedado semienterrado bajo un cartel, ahora destruido, con la publicidad de un concesionario local de Chevrolet, contra el cual al parecer me había estrellado. En uno de esos curiosos casos de la física, debí salir expulsado del vehículo antes del impacto final. No puedo explicarlo. Cuando quieres morir, te salvas. ¿Quién puede explicar algo así?

Lenta y dolorosamente me puse de pie. Mi espalda estaba empapada de sudor. Me dolía todo. Aún lloviznaba, pero reinaba la calma, excepto el ruido de los grillos. En general, llegado a este punto, uno se dice: «Tuve suerte de salir vivo», pero yo no podía decir esto. Contemplé la carretera. Entre la niebla divisé el camión, semejante a un corpulento barco naufragado, con su cabina que parecía un cuello decapitado. Del capó emanaba un humo. Un faro delantero seguía alumbrando; proyectaba un rayo solitario a través de la colina enlodada y los pedazos de vidrio centelleaban como diamantes.

¿Qué había sido del conductor? ¿Estaba vivo? ¿Herido? ¿Sangraba? ¿Respiraba? Un hombre valiente, desde luego, habría trepado la colina para averiguar lo que había ocurrido, pero el coraje no fue mi punto fuerte en aquel momento.

Por lo tanto, no lo hice.

En cambio me enderecé, giré y anduve hacia el sur, en dirección a mi pueblo natal. No es algo de lo que me enorgullezca. Pero tampoco fue algo premeditado. Actuaba como un zombie, como un robot, incapaz de preocuparme por otra persona, ni siquiera por mí. Me olvidé de mi auto, del camión, del arma; dejé todo detrás. Mis zapatos crujían en la grava, y en ese instante me pareció que los grillos se reían.

❧ NO PUEDO DECIR cuánto tiempo caminé. Lo suficiente para que dejase de llover y el cielo empezara a teñirse con los primeros colores del amanecer. Por fin llegué a las afueras de Pepperville Beach, marcadas por una alta y oxidada torre de agua, justo detrás de los campos de béisbol. En pueblitos como el mío, subirse a las torres de agua era un rito muy frecuente; con mis compañeros de béisbol solíamos escalar esta torre los fines de semana, con varias latas de pintura en aerosol atadas a nuestras cinturas.

Ahora volvía a encontrarme frente a este torre, sólo que mojado y viejo, lastimado y borracho ... Y tal vez asesino, debo agregar, o al menos eso sospechaba porque no había vuelto a ver al conductor del camión. En cualquier caso no me importaba, porque el acto que me disponía a cumplir era totalmente insensato, decidido como estaba a que ésa fuese la última noche de mi vida.

Llegué al pie de la escalera.

Empecé a subir.

Me llevó un rato alcanzar el tanque de agua. En cuanto lo hice, me dejé caer, respirando pesadamente, falto de aire.

En el fondo de mi cerebro confuso y atontado, una voz me regañaba por estar en tan mal estado físico.

Miré los árboles, abajo. Tras ellos vi el campo de béisbol donde mi padre me había enseñado a jugar. La imagen me evocó tristes recuerdos. ¿Qué pasa con la niñez, que nunca te abandona, ni siquiera cuando estás tan destruido que te cuesta creer que una vez *fuiste* niño?

El cielo se iba iluminando. El canto de los grillos se hacía más potente. De súbito recordé cuando la pequeña María dormía en mi pecho, tan diminuta que podía acunarla con un solo brazo; recordé su piel con olor a talco. Pero enseguida me vi irrumpiendo en su casamiento, mojado y sucio; la música se detenía, todos me miraban llenos de terror, y María era la más horrorizada.

Incliné la cabeza.

Nadie me echaría de menos.

Retrocedí dos pasos, tomé carrera, salté por encima de la barandilla y caí al vacío.

EL RESTO ES inexplicable. Dónde caí, cómo y por qué sobreviví, no lo sé. Sólo recuerdo haber dado mil vueltas, haber recibido un golpe, haber rozado e impactado contra diferentes cosas, haber volado por los aires y, para terminar, un gran estruendo final. ¿Las cicatrices en mi rostro? Estimo que se deben a eso. Debo de haber andado a los tumbos durante un largo rato.

Al abrir los ojos, me rodeaban trozos de árbol, recién ca-
ídos. Unas piedras me comprimían el estómago y el pecho.
Alcé la frente y vi el campo de béisbol de mi juventud, bajo
la luz matutina, y las dos casetas y el montículo del lanzador.

Y a mi madre, fallecida hacía pocos años.

II. La mañana

La mamá de Chick

MI PADRE ME dijo una vez: «Puedes ser un niño de mamá o un niño de papá. Pero no puedes ser ambas cosas a la vez».

En consecuencia, fui el niño de papá. Copié su forma de caminar. Copié su risa profunda y cavernosa, tan propia de un fumador. Siempre llevaba puesto un guante de béisbol porque a él le gustaba el béisbol, y atrapaba cualquier bola que me lanzara, incluso aquellas que golpeaban con tal fuerza contra mis manos, que por poco me hacían llorar.

Al salir de la escuela, corría hasta su tienda de licores en la avenida Kraft y allí permanecía hasta la hora de la cena, jugando con cajas vacías en el cuarto que hacía las veces de despensa, mientras esperaba a que él terminase de trabajar. Volvíamos juntos a casa en su Buick color celeste, y en ocasiones nos deteníamos un rato al borde del camino mientras él fumaba sus Chesterfields y oía las noticias en la radio.

Tengo una hermana menor llamada Roberta y en esa época ella siempre usaba zapatillas de ballet rosadas. Cuando íbamos al salón comedor del pueblo, mi madre solía llevarla de un tirón al baño de «damas» —sus pies, de color rosado, se deslizaban por las baldosas—, mientras mi padre me conducía al baño de «caballeros». Para mis ojos infantiles, así era la ley de la vida: yo con él, ella con ella. Damas por un lado. Caballeros por el otro. Mamá. Papá.

El niño de papá.

Yo era un niño de papá, y lo seguí siendo hasta una calurosa mañana de sol, en la primavera de mi quinto año escolar. Para ese día, teníamos programados dos encuentros sucesivos contra los Cardenales, quienes vestían uniformes de lana roja y eran patrocinados por Connor's Plumbing Supply.

El sol ya entibiaba la cocina cuando entré con mis medias largas, cargando mi guante, y vi a mi madre sentada a la mesa, fumando un cigarrillo. Mi madre era una mujer hermosa, pero esa mañana no lucía hermosa. Al verme se mordió los labios y apartó su mirada. Aún recuerdo que había olor a pan quemado y que pensé que estaba de mal humor porque le había salido mal el desayuno.

—Comeré cereal —le dije y tomé un bol del aparador.

Ella se aclaró la garganta.

—¿A qué hora es el juego, mi vida?

—¿Estás resfriada? —le pregunté.

Señaló que no con la cabeza y se llevó una mano a la mejilla.

—¿A qué hora es el juego?

—No lo sé —respondí, alzando los hombros. Por ese entonces no usaba reloj.

Busqué la botella de leche y la caja con las hojuelas de maíz. Serví el cereal demasiado deprisa y algunas hojuelas, tras rebotar en el bol, cayeron sobre la mesa. Mi madre las fue recogiendo, una por una, y las puso en la palma de su mano.

—Yo te llevo —murmuró—. No importa a qué hora sea.

—¿Por qué no me lleva papá? —le pregunté.

—Papá no está.

—¿Dónde se fue?

No hubo respuesta.

—¿Cuándo regresa?

Mi madre, cerrando el puño, apretó con fuerza las hojuelas, y soltaron un crujido mientras se reducían a polvo.

A partir de aquel día fui un niño de mamá.

*A*HORA BIEN, CUANDO digo que vi a mi madre muerta, quiero decir exactamente eso. Que la vi. Estaba de pie en la caseta, con una chaqueta color lila y con su cartera en la mano. No me dijo ni una palabra. Tan sólo me contemplaba.

Traté de incorporarme y avanzar hacia ella pero una corriente de miedo recorría mis músculos y me hizo volver a caer. Mi mente quería pronunciar su nombre, pero ningún sonido salía de mi boca.

Bajé la frente y apoyé las palmas de mis manos. Volví a impulsarme con fuerza y esta vez logré pararme. Volví a buscarla con la mirada.

Mi madre ya no estaba allí.

No pretendo que me creas lo que te estoy contando. Es una locura, lo sé. No es habitual que uno vea a los muertos. Ellos no suelen visitarnos. Tampoco ocurre a menudo que uno se caiga de una torre de agua, que por milagro salga con vida después de haber intentado suicidarse, y que vea a su madre, muerta hace poco, blandiendo su cartera en un campo de juego.

En ese momento pensé lo mismo que probablemente estás pensando tú ahora: una alucinación, una fantasía, el sueño de un borracho, el delirio de un cerebro golpeado y confundido. Como te dije, no pretendo que me creas.

No obstante, esto fue lo que ocurrió. En efecto, era ella quien estaba allí. La vi con mis propios ojos. Quedé tendido por un tiempo indeterminado en el campo de juego, después me incorporé y empecé a caminar, tras sacudir el polvo en mis rodillas y en mis brazos. Mis abundantes heridas sangraban; la mayoría de ellas eran pequeñas, sólo unas pocas revestían importancia. Mi boca sabía a sangre.

Atravesé una pequeña extensión de césped que me era familiar. El viento de la mañana mecía los árboles, causando un remolino de hojas amarillas, como una agitada y minúscula tormenta. Pensé que había fracasado dos veces al intentar de suicidarme. ¿Cuán patético es eso?

Anduve hasta mi antiguo hogar, resuelto a acabar con todo.

Querido Charley:

¡Que te DIVIERTAS mucho hoy en la ESCUELA!

Te veré a la hora del almuerzo y tomaremos un batido de leche.

¡Te amo cada día un poco más!

Mamá

(de los papeles personales de Chick Benetto, circa 1954)

Cómo mamá conoció a papá

MI MADRE SIEMPRE me escribía mensajes. Me los daba cada vez que me dejaba en algún lado. Nunca entendí esta costumbre suya, ya que cualquier cosa que tuviese para decirme podría habérmela dicho directamente, ahorrándose el papel y el horrible sabor del pegamento para los sobres.

Creo que su primer mensaje data de mi primer día en el kínder, en 1954. ¿Cuántos años tenía yo por entonces? ¿Cinco? El patio, recuerdo bien, estaba colmado de niños que chillaban y corrían. Avanzamos, yo de la mano de mi madre, mientras una mujer con un gorro negro organizaba las filas de cara a los maestros. Vi a otras madres que besaban a sus hijos y se iban. Es entonces cuando debo de haber empezado a llorar.

—¿Qué te ocurre? —dijo mi madre.

—No te vayas.

—Estaré aquí mismo cuando salgas.

—No.

—Todo está bien. Estaré aquí.

—¿Y si no te encuentro?

—Vas a encontrarme.

—¿Y si te pierdo?

—Uno no pierde a su madre, Charley...

Me sonrió. Hurgó en un bolsillo interno de su chaqueta y me tendió un pequeño sobre azul.

—Aquí tienes —dijo—. Si realmente me extrañas mucho, ábrelo.

Aún puedo verla, alejándose, lanzándome besos con la mano. Tenía los labios pintados de rojo Revlon y llevaba el pelo recogido tras las orejas. La saludé a la distancia, agitando el sobre. No se le había ocurrido, pienso, que yo estaba comenzando la escuela y que por lo tanto aún no sabía leer. Así era mi madre. Lo que valía en esos casos era la intención.

ᴥ SEGÚN CUENTA LA leyenda, mi madre conoció a mi padre a orillas del lago Pepperville, en la primavera de 1944. Ella estaba nadando y él estaba jugando al béisbol con un amigo, y este amigo azotó una bola con tal fuerza que fue a parar directamente al agua. Mi madre nadó para atraparla. Mi padre se zambulló. Mientras él salía a la superficie, con la bola en una mano, sus dos cabezas chocaron.

—Y así hasta el día de hoy —acostumbraba decir ella.

Vivieron un intenso y veloz noviazgo. Era típico de mi padre empezar algo con el deseo de terminarlo cuanto antes. Por entonces él era un muchacho alto y musculoso, recién graduado, que se peinaba con un jopo prominente y conducía el LaSalle azul y blanco de su padre. Tan pronto como pudo se ofreció para luchar en la Segunda Guerra Mundial, diciéndole a mi madre que deseaba «matar más enemigos que cuanta gente vive en nuestro pueblo». Lo enviaron en barco a Italia, a los montes Apeninos y al valle del Po, cerca de Bolonia. En una carta que mandó desde allí en 1945, le propuso matrimonio a mi madre. «Quiero que seas mi esposa», puso, lo que a mi juicio suena un poco como una orden. Mi madre le dijo que sí en una respuesta que escribió en un papel especial de lino, un papel que era muy caro para ella pero que de todos modos compró, respetuosa como era de las palabras y de ciertas tradiciones.

Dos semanas después de que mi padre recibiera la respuesta, los alemanes firmaron la rendición. Era hora de que retornara a casa.

Mi teoría es que a mi padre no le tocó suficiente guerra para su gusto. Entonces armó su propia guerra contra nosotros.

   EL NOMBRE DE mi padre era Leonard, pero todos lo llamaban «Len»; el nombre de mi madre era Pauline, pero todos le decían «Posey», como en la famosa canción infantil: «*a pocketful of Posey...*». Ella tenía grandes ojos almendrados, una larga cabellera negra que casi siempre llevaba recogida y una tez muy suave. A la gente le hacía pensar en la actriz Audrey Hepburn, y en nuestro pueblo no había demasiadas mujeres que respondiesen a esta descripción. Le encantaban los productos de maquillaje (rímel, delineador de ojos, lápiz labial...) y mientras casi todos la tenían por «divertida», por «vivaracha» o, más adelante, por «excéntrica» o «cabeza dura», durante buena parte de mi infancia yo la consideré una gruñona.

¿Me había puesto mis botas? ¿Tenía puesta mi chaqueta? ¿Había hecho la tarea para la escuela? ¿Por qué estaban rasgados mis pantalones?

Corregía todo el tiempo mis errores gramaticales.

—Yo y Roberta vamos a . . . —empezaba a decirle.

—Roberta y yo —me interrumpía.

—Yo y Jimmy queremos . . .

—Jimmy y yo —me decía.

A ojos de un hijo, los padres se inmortalizan en ciertas posturas. La postura de mi madre era la de una mujer que, con los labios bien pintados, se inclinaba sobre mí y, meneando un dedo, imploraba que yo fuese mejor persona de lo que era. La postura de mi padre representaba a un hombre en reposo, los hombros apoyados contra una pared, un cigarrillo en los labios, escrutándome con cierta indiferencia.

En retrospectiva, veo que tendría que haber prestado más atención al hecho de que mi madre estaba inclinada sobre mí, en tanto mi padre estaba inclinado hacia atrás, como si me rehuyera. Pero yo era un niño y, claro, ¿qué van a saber los niños?

ev MI MADRE ERA protestante y mi padre católico, y su unión fue un exceso de Dios, de culpabilidad y de salsa. Discutían sin parar. En torno a los hijos. A la comida. A la religión. Mi padre era capaz de colgar un retrato de Jesús en una pared del baño, y mi madre de trasladarlo a un lugar más adecuado. Mi padre regresaba al grito de «¡por el amor de Dios!, no se puede mover de lugar a Jesús», y ella le replicaba «es sólo un retrato, Len, ¿o te crees que a Dios le gusta vivir en el baño?»

Y él volvía a colgar el retrato en su lugar.

Y, al día siguiente, ella había vuelto a quitarlo.

Así, una y otra vez.

Eran una rara mezcla de orígenes y culturas, pero si mi familia conformaba una democracia, el voto de mi padre valía doble. Él decidía qué comer, de qué color pintar la casa, en qué banco confiar, qué estación de TV mirar en nuestro televisor Zenith blanco y negro. El día que nací, le informó a mi madre: «Mi hijo será bautizado en una iglesia católica», y así fue.

Lo gracioso es que él no era creyente. Tras la guerra, mi padre fue propietario de una tienda de licores, y se mostraba más interesado en beneficios que en profecías. En cuanto a mí, la única creencia que debía profesar era el béisbol. Mi padre me lanzó la primera bola antes de que supiera caminar. Me obsequió un bate antes de que mi madre me dejara usar las tijeras. Mi padre solía decir que yo sería capaz de jugar en las grandes ligas si me trazaba «un plan», y si era «fiel al plan».

Desde luego, cuando eres tan pequeño, adoptas los planes de tus padres, y no los tuyos.

Por lo tanto, desde que tuve siete años, empecé a hojear los periódicos en busca de los resultados de mis equipos favoritos. Guardaba un guante de béisbol en la tienda de licores de mi padre, por si él tenía un rato libre para lanzarme unas bolas en el estacionamiento. Hasta llegué a usar tenis en alguna que otra misa dominical, porque tras el himno final íbamos a ver los encuentros de la *American Legion*. Cuando oía decir que la iglesia es la «casa de Dios», me preocupaba que al Señor no le gustase la presencia de mis tenis en su templo. Cierta vez hice la prueba de pararme en puntas de pie, pero mi padre susurró «¿qué demonios estás haciendo?», así que volví a apoyar por completo los pies.

A MI MADRE, por su parte, no le interesaba el béisbol. Hija única de una familia pobre, tuvo que dejar la escuela durante la guerra. Obtuvo su diploma de bachiller en una escuela nocturna y a continuación estudió enfermería. Para ella, lo único que yo debía hacer era consagrarme por entero a los libros y a los estudios, ya que me abrirían muchas puertas. Lo mejor que podía decir del béisbol era que «te hace pasar un rato al aire libre».

Solía venir a verme jugar, sin embargo. Tomaba asiento en las tribunas, con sus amplias gafas de sol y su cabello bien peinado en el salón de belleza del pueblo. A menudo la espiaba desde la caseta y su mirada se hallaba perdida en el horizonte. Pero al llegar mi turno de batear, aplaudía y aullaba: «Bravo,

Charley» y supongo que eso era lo único que me importaba. Mi padre, que fue entrenador de cada equipo en el que jugué hasta el día en que nos abandonó, me pescó una vez mirándola y me gritó: «¡Los ojos en la bola, Chick! No hay nada allá afuera que te pueda ayudar».

Supongo que mamá no era parte del «plan».

PESE A TODO, puedo afirmar que yo adoraba a mi madre, de la forma en que los hijos varones adoran a sus madres, sin valorarlas del todo. Y ella me lo facilitaba aún más. Para empezar, era graciosa. No le importaba mancharse toda la cara con helado, con tal de hacerme reír. Sabía imitar voces raras, como la de Popeye el marino, o la de Louis Armstrong cuando croaba como un sapo *If ya ain't got it in ya, ya can't blow it out* («Si no lo llevas dentro, no puedes soplarlo afuera»). Me hacía cosquillas y dejaba que se las hiciera, apretando con fuerza sus axilas al tiempo que reía. Me abrigaba cada noche bajo las mantas de mi cama, acariciándome el pelo y diciéndome: «Dale un beso a tu madre». Decía que yo era inteligente y que ser inteligente es un privilegio, e insistía en que leyera un libro por semana, al punto de llevarme a la biblioteca para que pudiera cumplirlo. Algunas veces se vestía de forma muy llamativa y canturreaba por encima de la música, dos cosas que me molestaban. Pero nunca hubo, entre nosotros, ni siquiera un atisbo de desconfianza.

Y lo que dijera mi madre, yo lo creía.

No era permisiva conmigo, no me malinterpretes. Me reprendía. Me castigaba. Pero me amaba. Claro que sí. Me amaba cuando me caía de un columpio. Me amaba cuando manchaba las alfombras con mis zapatos enlodados. Me amaba cuando vomitaba o estaba lleno de mocos o tenía sangre en las rodillas. Me amaba en los buenos y en los malos momentos. Su amor era como un pozo sin fondo.

Su único defecto es que no me hizo trabajar para ser digno de su amor.

Verás, tengo una teoría: los niños andan detrás del amor que les falta, y en mi caso ese fue el amor de mi padre. Mi padre mantenía su amor fuera de mi alcance, como quien guarda unos papeles en un maletín. Y yo pasé mi infancia tras él.

Años más tarde, muerta mi madre, hice listas con las «Veces que mi madre salió en mi defensa» y otras con las «Veces que no salí en defensa de mi madre». Fue triste ver la desproporción de los resultados. ¿Por qué los hijos casi siempre aman mucho a uno de sus padres y rebajan al otro a una especie de jerarquía inferior?

Tal vez sea como decía mi padre: puedes ser un niño de mamá o un niño de papá, pero no puedes ser ambas cosas a la vez. Entonces te aferras al que supones que podrías perder.

Veces que mi madre salió en mi defensa

Tengo cinco años. Nos dirigimos al mercado Fanelli. Una vecina en bata y rulos rosados abre el mosquitero de su puerta y llama a mi madre. Mientras ellas dos conversan, recorro el jardín trasero de la casa vecina.

De repente, de la nada aparece un perro, un pastor alemán que intenta abalanzárseme. ¡Guau, guau, guau! *Está atado a un poste que sostiene la soga para colgar la ropa.* ¡Guau, guau, guau! *Se yergue sobre sus patas e intenta avanzar, tironeando de la cuerda.* ¡Guau, guau, guau!

Me doy vuelta y salgo corriendo. Estoy gritando. Mi madre acude a ayudarme, de forma precipitada.

—¿Qué sucede? —exclama, atrapándome por los hombros—. Cuéntame.

—¡Un perro!

—Un perro —resopla con cierto alivio—. ¿Dónde? ¿Allí?

Asiento con la cabeza y me pongo a llorar.

De la mano, me lleva otra vez a la casa. Ahí está el perro, que me vuelve a ladrar. ¡Guau, guau, guau! *De un salto, retrocedo. Pero mi madre me arrastra hacia delante. Y se pone a ladrar. Sí, ladra. Emite el mejor ladrido que le he oído a un ser humano.*

El perro, entre gemidos, se echa al suelo. Mi madre le da la espalda.

—Debes mostrarles quién es el que manda, Charley —me explica.

**(de una lista en un cuaderno hallado entre
las pertenencias de Chick Benetto)**

Chick regresa a su viejo hogar

EL SOL DE la mañana estaba justo sobre el horizonte y sus rayos me llegaban como una bola lanzada entre las casas de mi viejo y querido barrio. Me tuve que proteger los ojos. Dado que estábamos a principios de octubre, ya había unas cuantas hojas apiladas contra el borde de la acera (más hojas de las que recordaba de mis otoños pasados aquí) y el cielo se veía bastante encapotado. Lo que más se advierte tras mucho tiempo fuera del hogar, es cuánto han crecido los árboles.

Pepperville Beach. ¿Sabes por qué este pueblo se llama así? Es casi vergonzoso. Una pequeña extensión de arena fue creada años atrás por algún empresario que pensó que el pueblo se vería mejor si tuviera una playa, aunque no tuviéramos un mar. Este sujeto se afilió a la Cámara de Comercio y hasta logró que se cambiase el nombre del pueblo (Pepperville Lake se convirtió en Pepperville Beach), a pesar de que nuestra «playa» no tenía más que unos columpios y un tobogán, y en ella apenas cabían unas diez o doce familias, salvo que te sentaras encima de alguna toalla ajena. Se volvió una especie de broma decir «oye, ¿quieres venir a la playa?» o «creo que hoy iré a la playa», porque sabíamos que no engañábamos a nadie.

De todas formas, nuestra casa quedaba cerca del lago (y de la «playa»), y mi hermana y yo, tras la muerte de mi madre, decidimos conservarla porque pensamos que en un futuro podría llegar a cotizarse. Aunque, honestamente, no tuve el coraje de venderla.

Ahora me dirigía a esa casa, con mi espalda encorvada igual que un fugitivo. Atrás quedaba el lugar del accidente. A esta altura, con certeza, alguien habría encontrado el carro, el camión, el cartel publicitario hecho añicos, e incluso el arma. Me dolía el cuerpo. Sangraba. Estaba medio aturdido. Esperaba oír de un momento a otro sirenas de la policía. Otra razón más para matarme.

Recorrí a paso vacilante los escalones de entrada. Encontré la llave que escondíamos bajo una piedra falsa, dentro de un tiesto con flores; una idea de mi hermana. Miraba sin parar por encima de mis hombros, y al no ver nada (ni policías, ni personas, ni vehículos que pasaran) abrí la puerta y entré.

LA CASA OLÍA a encierro, aparte de un olor fuerte y dulzón a limpiador de alfombras, como si alguien (¿el cuidador al que remunerábamos?) hubiese echado recientemente un champú. Pasé delante del armario del pasillo y de la baranda que usábamos cuando niños para deslizarnos. Entré a la cocina, con sus viejas baldosas y sus muebles de madera. Abrí la nevera en busca de una bebida alcohólica; a esta altura de las cosas éste era un acto reflejo usual en mí.

Entonces di un paso atrás.

Había comida en su interior.

Un Tupperware. Restos de lasaña. Leche descremada.
Jugo de manzana. Yogur de frambuesa. Por un instante fugaz
me pregunté si alguien se habría instalado allí, una especie de
ocupante ilegal que se hubiera apoderado del lugar. Este era
el precio que pagábamos por haber descuidado la casa durante tantos años.

Abrí una puerta de la alacena: té Lipton y una botella de
Sanka. Abrí otra puerta. Azúcar. Sal. Paprika. Orégano. Vi
que había un plato en el fregadero, con burbujas de deter-
gente. Lo alcé para examinarlo y lentamente lo bajé, como si
quisiera ponerlo de nuevo en su lugar exacto.

En ese instante me pareció escuchar algo.

Una voz que provenía de la planta superior.

—¿Charley?

Y otra vez:

—¿Charley?

Era la voz de mi madre.

Salí de la cocina, corriendo, con los dedos mojados y en-
jabonados.

Veces que *no* salí en defensa de mi madre

Tengo seis años. Es Halloween. La escuela se apresta a dar su desfile anual de Halloween. Todos los niños desfilarán varias calles a lo largo del barrio.

—Cómprale un disfraz —dice mi padre—. Los venden muy baratos.

Pero no, dado que es mi primer desfile mi madre decide hacerme un disfraz: el de la momia, mi personaje de terror favorito.

Corta unas viejas vendas y unas viejas toallas, y me envuelve con ellas, sujetándolas con ganchos y alfileres. Luego cubre y une las vendas con papel sanitario y cinta adhesiva. La operación le lleva un rato, pero apenas termina me observo con suma atención en el espejo. Soy una momia, no cabe la menor duda. Alzo mis hombros y camino de aquí para allá.

—Ay, qué miedo —dice mi madre.

Me lleva a la escuela. El desfile ha comenzado. A medida que camino, las vendas se van aflojando. Entonces empieza a llover. Antes de que me de cuenta, el papel sanitario se disuelve. Las vendas se aflojan, el disfraz se desarma. Pronto las vendas se deslizan por mis tobillos, por mis puños, por mi cuello, dejando ver la camiseta y el pijama que mi madre me escogió como ropa interior.

—¡Mira a Charley! —exclaman los demás niños, muertos de risa. Estoy rojo como un tomate. Quisiera desaparecer, ¿pero cómo escapar cuando se está en medio de un desfile?

Al llegar al patio de la escuela, donde los padres nos esperan con sus cámaras de fotos, soy una masa informe de vendas y jirones de papel sanitario. Diviso a mi madre. Apenas me ve, se lleva una mano a la boca. Me largo a llorar.

—¡Lo arruinaste todo! —le grito.

—¿CHARLEY?

Lo que más recuerdo de cuando me escondí en aquel patio trasero, es cuán rápidamente me quedé sin aliento. Apenas un segundo atrás me encontraba examinando la nevera; ahora mi corazón latía tan deprisa que me daba miedo. Temblaba de la cabeza a los pies. A mis espaldas tenía la ventana de la cocina, pero no osaba mirar. Acababa de ver viva a mi madre muerta, y ahora estaba oyendo su voz. Sabía que varias partes de mi cuerpo estaban malheridas, pero esta fue la primera vez que me preocupé por el estado de mi cerebro.

Permanecí allí, sin moverme, sin aire y con los ojos clavados en el suelo. De niño, a esta parte de la casa le decíamos el «jardín trasero», aunque no fuera más que un diminuto cuadrado de césped. Pensé en huir de allí saltando a la casa vecina.

En ese instante se abrió la puerta.

Y apareció mi madre.

Mi madre.

Ahí mismo. En el porche.

Me miraba.

Al fin me dijo:

—¿Qué haces aquí? Hace frío.

————

ℰℐ AHORA BIEN, NO sé si te imaginas el salto que me hizo
dar. Casi brinco fuera de este planeta. Por un lado están las
cosas como son y por el otro están tal como suceden. Cuando una y otra cosa no coinciden, tienes que tomar una decisión. Tenía a mi madre, viva, delante de mí. Volví a oír que
pronunciaba mi nombre:

—¿Charley?

Ella es la única persona que siempre me ha llamado así.

¿Estaba alucinando? ¿Debía acercarme a ella? ¿O era como esas burbujas que, apenas las tocas, se disuelven? La verdad es que, a esta altura, mi cuerpo parecía pertenecer a otra
persona.

—¿Charley? ¿Qué ha ocurrido? Estás todo lastimado.

Mi madre vestía pantalones azules y un suéter blanco
(parecía estar siempre vestida, por más temprano que fuera)
y no se veía más vieja que la última vez que la había visto,
en ocasión de su cumpleaños número setenta y nueve,
cuando se puso esos lentes de montura roja que recibió de
regalo.

Me saludó con una mano en alto y me dio la bienvenida
con esos ojos y esos espejuelos, con esa piel y ese cabello que
tenía, abriendo la puerta trasera de modo idéntico a cuando
yo arrojaba pelotas de tenis sobre el techo de la casa. Algo se
derritió entonces en mí, como si el rostro de mi madre irra-
diase calor; algo corrió a lo largo de mi espalda y llegó hasta

mis pies. Y finalmente algo se quebró en mi interior, tal vez la barrera entre la credulidad y la incredulidad.

Me di por vencido.

Dejé esta tierra.

—¿Charley? —me preguntó—. ¿Qué te pasa?

En ese instante hice lo que tú habrías hecho.

Abracé a mi madre con todas mis fuerzas.

Veces que mi madre salió en mi defensa

Tengo ocho años. Me han dado tareas para la escuela. Debo recitar delante de la clase: «¿Qué causa un eco?»

Por la tarde, en la tienda de licores, le pregunto a mi padre: ¿qué causa un eco? Mi padre está agachado, inventariando la mercancía con un cuaderno y un lápiz.

—No lo sé, Chick. Es una especie de rebote.

—¿No es algo que suele ocurrir en las montañas?

—¿Ehhh? —dice mientras cuenta las botellas.

—¿No estuviste en las montañas durante la guerra?

Mi padre me clava una mirada asesina.

—¿Por qué me preguntas eso?

Y retoma su tarea.

Esa misma noche, le pregunto a mi madre: ¿qué causa un eco? Va en busca de un diccionario y nos sentamos, ella y yo, en el salón.

—Deja que lo averigüe él mismo —espeta mi padre.

—Len —dice ella—. No está prohibido que lo ayude.

Durante una hora, mi madre trabaja conmigo. Aprendo el texto de memoria. Lo practico delante de ella.

—¿Qué causa un eco? —empieza diciendo mi madre.

—*La persistencia del sonido una vez que la fuente se ha silenciado* —digo yo.

—*¿Qué se necesita para provocar un eco?*

—*El sonido debe rebotar en algún lado.*

—*¿Cuándo es posible oír un eco?*

—*Cuando hay silencio y todos los demás sonidos son absorbidos.*

Mi madre sonríe, satisfecha.

—*Muy bien.*

Después pronuncia:

—*Eco.*

Y cubre su boca con la mano y murmura:

—*Eco, eco, eco.*

Mi hermana, que ha estado espiándonos, señala a mi madre y exclama:

—*Es mamá la que habló. ¡Yo la vi!*

Mi padre enciende el televisor.

—*Qué manera tan absurda de perder el tiempo* —dice.

Un cambio en la melodía

¿RECUERDAS AQUELLA CANCIÓN llamada «Esto podría ser el inicio de algo extraordinario»? Tenía una melodía muy ágil, un ritmo veloz, y casi siempre la cantaba un sujeto en esmoquin, al frente de una orquesta numerosa. La letra decía:

Vas paseando por la calle o estás en alguna fiesta
Te encuentras solo pero de pronto
Estás contemplando los ojos de alguien
Y presientes: esto podría ser el inicio de algo extraordinario

A mi madre le fascinaba esta canción. No me preguntes la razón. Solían interpretarla al principio del show televisivo de Steve Allen, allá por los años cincuenta, un programa que recuerdo en blanco y negro, si bien todas las cosas en aquel tiempo me parecían en blanco y negro. En cualquier caso, mi madre pensaba que dicha canción era «muy bailable», así decía: «Oooh, esta canción es muy bailable», y toda vez que la pasaban por la radio chasqueaba los dedos como un director de orquesta cuando marca el ritmo. Teníamos un equipo de alta fidelidad, y en ocasión de un cumpleaños ella recibió como regalo un álbum de Bobby Darin. Mi madre canturreaba

esta canción, y ponía el disco después de la cena mientras
lavaba los platos. Por ese entonces mi padre aún estaba con
nosotros. Mientras él leía el periódico, ella se acercaba y gol-
peteaba sus hombros, cantando «esto podría ser el inicio de
algo extraordinario», y por supuesto, mi padre ni siquiera le-
vantaba la mirada. Entonces ella se acercaba a mí y hacía de
cuenta que tocaba la batería sobre mi pecho, al tiempo que
seguía cantando:

> *Cenas en la calle Veintiuno*
> *Y cuidas tu silueta*
> *En vez de postre Charlotte, comes un higo*
> *Cuando de pronto sientes un flechazo*
> *Y esto podría ser el inicio de algo extraordinario*

Me daba risa —sobre todo cuando pronunciaba la palabra «higo»— pero como mi padre no participaba, sentía que
reír equivalía a traicionarlo. Entonces ella se ponía a hacerme
cosquillas y yo no podía aguantar más.

—Esto podría ser el inicio de algo extraordinario
—decía—, extra, extra, extra, extraordinario...

Casi todas las noches ponía esa canción. Pero desde que
mi padre se fue, no volvió a ponerla más. Y el álbum de
Bobby Darin quedó abandonado en un estante. Y el equipo
de música fue acumulando polvo. Al principio supuse que
los gustos musicales de mi madre habían cambiado, tal como

me sucedía a mí de niño, cuando primero pensaba que John-
nie Ray era un buen cantante, pero después creía que Gene
Vincent lo superaba. Sólo más tarde comprendí que ella no
quería acordarse de que ese algo tan «extraordinario» había
acabado en un fracaso.

Encuentro en la casa

NUESTRA MESA DE cocina era redonda y de roble. Una tarde, mientras cursábamos la escuela primaria, mi hermana y yo grabamos nuestros nombres en la mesa con ayuda de unos cuchillos muy afilados, los mismos que usábamos para comer carne. No habíamos terminado de hacerlo cuando oímos que se abría la puerta (era nuestra madre, de regreso del trabajo), así que corrimos a guardar los cuchillos nuevamente en su cajón. Mi hermana agarró lo primero que encontró, medio litro de jugo de manzana, y lo posó sobre la mesa. Cuando mi madre ingresó en la cocina, vistiendo su uniforme de enfermera y cargando muchas revistas, debimos de haberle dicho «hola, mamá» de una manera un tanto acelerada, porque enseguida nos miró con innegable suspicacia. Te das cuenta de inmediato si tu madre te escudriña con ojos de «aquí ocurre algo raro». Y con seguridad ella sospechó algo, porque estábamos sentados ante una mesa vacía, a las cinco y media de la tarde, sin otra cosa más que medio litro de jugo de manzana.

En todo caso, mamá apartó el jugo sin dejar caer las revistas y vio grabadas en la mesa las palabras CHAR y ROBER (no habíamos llegado más lejos), y en el acto dejó escapar un exasperado sonido grave, algo semejante a «*uhhhhch*». Después exclamó: «Genial, qué genial», y en mi mente infantil surgió la idea de que tal vez no habíamos hecho algo tan malo. Genial quería decir genial, ¿no es cierto?

En esos días, mi padre andaba de viaje, y en casos como éste mi madre solía amenazarnos con que él se enfurecería no bien volviese a casa. Pero esa noche, mientras sentados a esa misma mesa cenábamos una tajada de carne con huevo —una receta que ella había leído en alguna parte, tal vez en una de esas revistas que hojeaba con asiduidad—, mi hermana y yo no dejábamos de contemplar nuestra obra.

—Han estropeado la mesa por completo, ¿se dan cuenta? —dijo mi madre, enfadada.

—Perdón —murmuramos.

—Y podrían haberse cortado los dedos con esos cuchillos.

Allí sentados, amonestados por ella, inclinamos las cabezas como en acto de penitencia. Sin embargo ambos pensábamos lo mismo. Algo que sólo mi hermana osó decir:

—¿No tendríamos que continuar, así al menos escribimos bien nuestros nombres?

Por un instante retuve el aliento, asombrado de su coraje. Mi madre le clavó una mirada fulminante. Pero enseguida estalló en una carcajada. Mi hermana también se puso a reír. Y yo tuve que escupir un bocado entero de carne.

Nunca terminamos de escribir nuestros nombres. Quedaron para siempre como CHAR y ROBER. Mi padre, por

supuesto, puso el grito en el cielo apenas regresó. Con los
años he pensado, sin embargo, que, mucho después de que
mi hermana y yo nos fuéramos de Pepperville Beach, a mi madre le llegó a gustar que hubiéramos dejado algo grabado en
la casa, a modo de recuerdo, aunque faltaran algunas letras.

ꔛ ME HALLABA DE nuevo sentado ante esa vieja mesa de
cocina, observando aquellos nombres tallados, cuando mi
madre —o su fantasma, o lo que fuera— vino de la habitación de al lado con un frasco de líquido antiséptico y un paño. Me quedé observándola mientras ponía el antiséptico en
el paño. Luego aferró mi brazo y lo remangó, como si fuera
yo un niñito recién caído de un árbol. A lo mejor estás pensando por qué no puse ahí mismo en evidencia lo absurdo de
la situación, los hechos obvios que volvían imposible toda la
escena, ¿por qué no dije, por ejemplo, «pero, mamá, si tú estás muerta»?

Apenas puedo responder que todas esas objeciones sólo
tienen sentido ahora, pero no en aquel momento. En ese instante yo estaba tan azorado de volver a ver a mi madre, que
objetar todo eso parecía imposible. Era como un sueño y
quizás, en cierto modo, yo creía estar soñando. No lo sé. Si
ya perdiste a tu madre, ¿acaso esperas volver a verla, ser capaz de tocarla y de aspirar su perfume? Sabía que la habíamos enterrado. Recordaba el funeral. Me acordaba de haber
echado una simbólica capa de tierra encima de su ataúd.

Pero en cuanto se sentó cerca de mí y pasó el paño con líquido antiséptico por mi cara y por mis brazos, estudiando mis heridas y resoplando «mírame esto», mi última resistencia se desmoronó. Hacía muchísimo tiempo que nadie deseaba estar tan cerca de mí, que nadie me manifestaba real ternura. A ella, yo le importaba. Y mucho. Aun cuando yo había sido incapaz de manifestar el menor respeto por mí mismo, ella curaba mis heridas y de nuevo me hacía sentir, más que un hijo, una persona. Sí, me entregué tan dócilmente como te entregas de noche a tu almohada. No quería que la escena terminase. Dudo que pueda explicarlo mejor. Sabía que lo que estaba sucediendo era imposible. Y sin embargo no quería que se terminase.

—¿Mamá? —susurré.

No pronunciaba estas dos sílabas desde hacía muchísimo tiempo. Cuando la muerte te arrebata a tu madre, se lleva para siempre esa palabra.

—¿Mamá?

Al fin y al cabo sólo es un sonido, un murmullo interrumpido por los labios. Pero hay millones de palabras en este mundo, y ninguna de ellas brota de tu boca como ésta.

—¿Mamá?

Con suavidad, ella volvió a pasar el paño por mi brazo.

—Charley —resopló—. En qué líos te has metido.

Veces que mi madre salió en mi defensa

Tengo nueve años. Estoy en la biblioteca local. La mujer detrás del escritorio me mira por encima de sus lentes. Acabo de elegir 20.000 leguas de viaje submarino, *de Julio Verne. Me gusta el dibujo en la cubierta y me gusta la idea de unas personas que habitan en el fondo del mar. No me he fijado siquiera cuántas palabras trae el libro, cuán largas son o cuán pequeña es la tipografía. La bibliotecaria me observa. Tengo la camisa por fuera del pantalón y uno de mis zapatos se ha desamarrado.*

—Este es demasiado difícil para ti —me dice.

La miro poner el libro en un estante detrás de ella. Por poco no lo guarda en una caja fuerte. Regreso a la sección infantil y escojo un libro ilustrado, con la historia de un mono. Vuelvo al escritorio. La mujer estampa un sello sin el menor comentario.

Cuando mi madre pasa a recogerme, me instalo en el asiento delantero del carro, a su lado, y ella ve el libro que elegí.

—¿No lo leíste ya? —pregunta.

—La señora no me dejó llevar el que yo quería.

—¿Qué señora?

—La bibliotecaria.

Mi madre apaga el motor.

—¿Por qué no te dejó llevarlo?

—*Dijo que era demasiado difícil.*

—*¿Qué cosa?*

—*El libro.*

Mi madre me arrastra fuera del carro. Me conduce de la puerta hasta el escritorio.

—*Soy la señora Benetto. Y éste es mi hijo, Charley. ¿Usted le dijo que un libro era demasiado difícil para él?*

La bibliotecaria se pone tiesa. Es bastante mayor que mi madre, y me sorprende el tono con que mi madre le ha hablado, considerando la manera en que suele dirigirse a los ancianos.

—*Quería llevarse 20.000 leguas de viaje submarino, de Julio Verne —dice la mujer—. Es demasiado pequeño para leerlo. Mírelo.*

Bajo la cabeza. Mírenme.

—*¿Dónde está el libro? —dice mi madre.*

—*¿Cómo dijo?*

—*¿Dónde está el libro?*

La mujer lo rescata del estante detrás de ella, y con un ruido seco lo deja caer sobre el mostrador, como si con ello probara alguna cosa.

Mi madre toma el libro y me lo pone entre las manos.

—*Nunca, pero nunca, le diga a un niño que algo es demasiado difícil —dice, alzando la voz—. Y mucho menos a este niño.*

Lo siguiente que recuerdo es que atravieso la puerta, cargando mi Julio Verne. Me siento como si acabásemos de asaltar un banco, mi madre y yo, y me pregunto si no nos estamos metiendo en problemas.

Veces que *no* salí en defensa de mi madre

Estamos sentados a la mesa. Mi madre sirve la cena. Pasta al horno con carne y salsa.

—Siguen sin estar bien —dice mi padre.

—Otra vez —dice mi madre.

—Otra vez —remeda mi hermana y se lleva el tenedor a la boca.

—Cuidado, vas a lastimarte —advierte mi madre, apartando sus manos.

—Es el queso... O el aceite —dice mi padre, mirando el plato de comida como si le disgustase.

—Ya probé de diez maneras diferentes —explica mi madre.

—Vamos, no exageres, Posey. ¿Acaso es tan complicado hacer algo que yo pueda comer?

—¿No puedes comerlo? ¿Estás diciendo que es incomible?

—Por Dios —gruñe mi padre—. ¿Acaso me merezco todo esto?

Mi madre le rehuye la mirada.

—No, no te lo mereces —dice y me sirve, enfurecida, una porción—. Pero yo sí me lo merezco, ¿verdad? Yo me merezco esta discusión. Come, Charley.

—Es mucha comida —digo.

—Vas a comer lo que te sirvo —exclama.

—¡Es mucho!

—Mamá... —dice mi hermana.

—Lo que quiero decir, Posey, es que si te pido que hagas algo, es porque sé que puedes hacerlo. Nada más que eso. Ya te expliqué mil veces por qué este plato sabe mal. Y si está mal, está mal. ¿Pretendes que mienta para hacerte feliz?

—Mamá —dice mi hermana, otra vez con el tenedor en vilo.

—Agghh —jadea mi madre, retirándole el tenedor—. Ya basta, Roberta. ¿Sabes qué, Len? Cocínalo tú la próxima vez. Tú y tu maldita cocina italiana... ¡Vamos, Charley, come!

Mi padre resopla y sacude la cabeza.

—Siempre la misma historia —se queja.

Lo observo. Mi padre me observa. De pronto meto un bocado de comida en mi boca. Mi padre me señala con la quijada y pregunta:

—¿Qué opinas tú de la pasta que preparó tu madre?

Mastico. Trago. Lo miro. Miro a mi madre. Ella deja caer sus hombros, exasperada. Ambos aguardan ahora mi veredicto.

—No está bien —murmuro mirando a mi padre, que a su vez mira fijamente a mi madre.

—Hasta el niño se da cuenta —dictamina.

Un nuevo comienzo

—¿ASÍ QUE PUEDES quedarte todo el día? —preguntó mi madre, de pie ante las hornallas de la cocina, mientras batía los huevos con una espátula de plástico. Las tostadas ya estaban listas y sobre la mesa había una barra de mantequilla, junto a una jarra de café. Me arrojé sobre la comida, todavía bastante confuso, y me costó tragar los alimentos. Pensaba que si me movía muy deprisa todo iba a desvanecerse.

Mi madre llevaba un delantal anudado a la cintura y se comportaba como si aquel día fuese un día más, como si la hubiese sorprendido con una visita y, a cambio, ella me estuviese preparando el desayuno.

—¿Es posible, Charley? ¿Puedes pasar un día entero con tu madre?

La mantequilla y los huevos crepitaban.

—¿Eehhh? —dijo, levantando el sartén—. ¿Por qué estás así de callado?

Me llevó unos segundos poder hablar, como si necesitara recordar ciertas instrucciones para hacerlo. ¿Cómo se le habla a los muertos? ¿Con otro repertorio de palabras? ¿Mediante algún código secreto?

—Mamá —suspiré al fin—. Todo esto es imposible.

Ella se limitó a retirar los huevos del sartén y a trozarlos en mi plato. Mis ojos se detuvieron en sus manos surcadas de venas.

—Vamos, a comer —me dijo.

*E*N ALGÚN PUNTO de la historia norteamericana las costumbres cambiaron y los padres empezaron a reunir a sus hijos, como se reúne a un equipo, con el propósito de informarles acerca de sus divorcios. Los sentaban. Les explicaban las nuevas reglas. Mi familia colapsó antes de que llegara esta era de la razón: cuando mi padre se marchó, sencillamente se marchó.

Tras unos días de llantos, mi madre se pintó los labios, se puso rimel en los ojos, preparó unas papas fritas y nos dijo, mientras las servía en un plato: «Papá ya no vive aquí». Eso fue todo. Como un cambio de escenografía en una obra de teatro.

Ni siquiera recuerdo cuándo vino a buscar sus pertenencias. Un buen día, al volver de la escuela, la casa nos pareció más espaciosa. Había un lugar vacío en el armario del salón principal. En el garaje faltaban utensilios y herramientas. Mi hermana, me acuerdo, lloraba y preguntaba: «¿Es por mi culpa que se fue papá?», y acto seguido le prometió a mi madre que se portaría mejor si él regresaba. Yo también quería llorar, pero en el fondo había comprendido que seríamos tres, y no cuatro, y que ahora yo era el único hombre de la casa. Pese a tener sólo once años, sentía la obligación de cumplir ese rol.

Por otra parte, mi padre siempre me había dicho que «aguantase» las ganas de llorar. «Aguanta, aguanta, aguanta». Y yo, como todos los hijos cuyos padres se han separado, trataba de comportarme de una forma que, en mi fantasía, trajera de regreso al ausente. Así que nada de lágrimas, Chick. Nada de eso.

DURANTE LOS PRIMEROS meses, pensamos que sería temporario. Una disputa fugaz. Un periodo de distanciamiento. Los padres se pelean, ¿no es así? Los nuestros también. Mi hermana y yo nos sentábamos cada tanto en lo alto de la escalera a escuchar sus discusiones, yo con mi camiseta blanca y ella con su pijama amarillo y sus zapatillas de ballet. En ocasiones discutían en torno a nosotros.

—*¿Por qué no te haces cargo de las cosas, Len?*

—*No es para tanto...*

—*¡Sí que lo es! ¡Siempre soy yo la bruja que debe marcarles los límites!*

O en torno a asuntos de trabajo:

—*¡Podrías prestar más atención, Posey! Esa gente en el hospital no es la única que importa en el mundo.*

—*Son enfermos, Len. ¿Estás sugiriéndome que les diga que lo siento, que mi esposo necesita que le planche las camisas?*

O en torno al béisbol:

—*Ya basta. Suficiente, Len.*

—*Así podrá ser alguien en la vida.*

—*Míralo. Todo el tiempo está agotado.*

A veces, cuando nos sentábamos en la escalera, mi hermana se tapaba las orejas y rompía a llorar. Pero yo intentaba escuchar. Era como espiar el universo de los adultos. Yo sabía que mi padre trabajaba hasta muy tarde, y que en los últimos años, entre las muchas visitas que hacía a sus distribuidores, solía repetirle a mi madre: «Posey, si no le pones límites a estos niños, pronto ellos van a destriparte como a un pescado». Por entonces mi padre se disponía a abrir otra tienda en Collingswood, a una hora de nuestro pueblo, y allí pasaba un par de días por semana. Yo comprendía que otra tienda representaba «más dinero y un mejor carro». Pero también sabía que a mi madre no le gustaba esa idea.

Entonces, claro, discutían. Pero nunca imaginé las consecuencias. Por entonces los padres no se separaban. Permanecían en el equipo.

Me acuerdo de una boda para la que mi padre alquiló un esmoquin y mi madre se puso un vestido rojo brillante. En la fiesta, salieron a bailar. Vi que mi madre alzaba su mano derecha. Vi que mi padre tomaba aquella mano delicada y la ponía dentro de su sólido puño. Según mi criterio infantil, ellos eran las dos personas más hermosas en la pista. La figura de mi padre era alta y atlética, y a diferencia de otros padres mostraba un vientre plano bajo su camisa blanca. ¿Mi madre? Bueno, se veía feliz, sonriendo con su espeso lápiz labial rojo. Y cuando ella estaba feliz, el resto del mundo pasaba a un segundo plano. Bailaba con tanta gracia, que no podías quitarle los ojos de encima, y su brillante vestido parecía iluminarse mientras se movía. Alcancé a oír que unas ancianas en la mesa murmuraban «es demasiado» y «tal vez debería ser más discreta», pero me dije que sólo estaban celosas por no lucir tan bellas como mi madre.

En fin, así es cómo veía yo a mis padres. Peleaban pero también bailaban. Tras la partida de mi padre, varias veces me acordé de aquella boda. Llegué a convencerme, incluso, de que un día mi padre volvería a ver a mi madre enfundada en aquel vestido rojo. Claro que sí. Pero al cabo de un tiempo dejé de pensarlo. Y al final empecé a evocar esa fiesta del mismo modo en que uno ve la foto vieja y desteñida de un veraneo ya lejano. Como un lugar al que fuiste hace muchísimo tiempo.

—¿Qué te gustaría hacer este año? —me preguntó mi madre el primer septiembre posterior a su divorcio. Las clases estaban por empezar y ella hablaba por entonces de «un nuevo comienzo» y de «nuevos proyectos». Mi hermana había elegido el teatro de marionetas.

Miré a mi madre y fruncí el ceño, gesto que repetiría un millón de veces a partir de ese momento.

—Quiero jugar al béisbol —le respondí.

Comer juntos

*I*GNORO CUÁNTO TIEMPO pasé en la cocina (aún tenía la mareante sensación de que todo daba vueltas, como cuando te golpeas la cabeza contra el baúl abierto de un carro), pero llegado un momento, tal vez cuando mi madre dijo «vamos, a comer», me di por vencido, cedí físicamente a la idea de estar allí e hice lo que ella me pedía.

Me llevé a la boca una porción de huevos revueltos.

Fue como si mi lengua se despertara de repente. No había comido en dos días, y empecé a devorar la comida como si fuera un preso. El acto de masticar me hizo olvidar lo imposible de la situación. Y ¿puedo serte sincero? Todo era tan familiar como delicioso. No sé qué tiene la comida que prepara tu madre, en especial si es un plato que cualquiera podría haber cocinado (waffles, carne asada, ensalada con atún), pero sin duda sabe a recuerdo familiar. Mi madre solía poner cebollín verde en sus huevos revueltos («esas pequeñas cosas verdes», le decía) y aquí estaba de nuevo ese sabor.

Así que ahora me encontraba tomando un desayuno pretérito en una mesa pretérita junto a una madre pretérita.

—Más despacio, que no vaya a sentarte mal —me dijo.

Eso también era pretérito.

Al terminar, recogió los platos y los lavó.

—Gracias —murmuré.

Me miró.

—¿Acabas de darme las gracias, Charley?

Asentí vagamente con la cabeza.

—¿Por qué?

Me aclaré la garganta y dije:

—¿Por el desayuno?

Me sonrió mientras terminaba de limpiar. Viéndola fregar los platos, me invadió una sensación de familiaridad: yo sentado en la mesa, ella con los platos. Habíamos mantenido innumerables charlas en esta misma posición, acerca de la escuela y de mis amigos, acerca de qué habladurías de los vecinos convenía tomar en serio, siempre con el rumor del agua forzándonos a alzar las voces.

—No puede ser que estés aquí . . . —empecé a decir pero me interrumpí.

Imposible ir más allá de estas palabras.

Mi madre cerró el agua y se limpió las manos con una toalla.

—Fíjate qué hora es —me dijo—. Tenemos que irnos.

Entonces se inclinó hacia mí y me tapó la cara con sus manos. Sus dedos estaban cálidos y húmedos por el agua.

—De nada —dijo—. De nada por el desayuno —y tomó su cartera, colgada en el respaldo de una silla—. Ahora sé un buen chico y ponte tu abrigo.

20 de julio de 1959

Querido Charley:

Sé que tienes miedo pero no hay nada
que temer. A todos nos sacaron alguna vez
las amígdalas y ya ves: estamos todos
bien.

No pierdas esta carta. Ponla debajo de
tu almohada antes de que lleguen los médicos. Ellos van a darte algo que te hará
dormir, pero antes de caer dormido recuerda que tienes esta carta, y si llegas
a despertar antes de que yo esté al lado
de tu cama, busca entonces bajo la almohada y leéla una vez más. Leer es como
conversar, así que haz de cuenta que con-
versas conmigo.

Muy pronto estaré allí.

¡Y luego podrás comer todo el helado
que quieras! ¿Qué te parece?

Te amo cada día un poco más,

Mamá

La familia de Chick tras el divorcio

POR UN TIEMPO, tras el divorcio de mis padres, intentamos que todo siguiera como de costumbre. Pero los vecinos nos lo impidieron. Los pueblos pequeños son como metrónomos; al menor golpe, el ritmo se altera. La gente empezó a ser más amable con mi hermana y conmigo. Hubo una golosina adicional en el consultorio del médico o una porción algo mayor de helado. Las ancianas, al vernos por la calle, alzaban los hombros con seriedad e inquirían «¿cómo van, niños?», lo que nos impactaba como una pregunta adulta. La versión infantil comenzaba con «a dónde».

Ahora bien, si a nosotros nos demostraban más ternura, no ocurría lo mismo con nuestra madre. En esa época la gente no se divorciaba. Nunca supe de otro niño que hubiese pasado por la misma situación. Un divorcio, al menos en el pueblo que habitábamos, era sinónimo de escándalo, y a una de las partes le correspondía cargar con las culpas.

Si le correspondió a mi madre, fue más que nada porque permanecía allí, al alcance de todos. Nadie sabía los pormenores de lo ocurrido entre Len y Posey, pero Len se había ido y Posey, mientras tanto, estaba a mano para ser juzgada. De nada sirvió que ella se negara a despertar la piedad ajena o a llorar en los hombros de las vecinas. Para peor, mi madre aún era joven y hermosa. En consecuencia encarnaba una amenaza para las demás mujeres, una oportunidad para los hombres y una curiosidad para los niños. Nada muy alentador, si se piensa con detenimiento.

Con el paso del tiempo llegué a notar que alguna gente miraba a mi madre de forma distinta cuando empujábamos nuestro carrito en el mercado local o cuando, el año siguiente al divorcio, nos llevaba al colegio, a mi hermana y a mí, con su uniforme blanco de enfermera, sus zapatos blancos y sus medias blancas. Todas las veces nos despedía con un beso, y yo percibía las miradas de las otras madres.

Roberta y yo nos volvimos precavidos. A medida que nos acercábamos a la puerta principal de la escuela, tratábamos de no llamar la atención.

—Dale un beso a tu madre —me dijo un día, agachándose.

—No —le respondí, apartándome.

—"No", ¿qué?

—No . . . No lo hagas —dije encogiendo los hombros y haciendo una mueca de dolor.

No podía mirarla a los ojos, así que miré sus pies. Ella permaneció un buen rato en esa posición. Luego oí un ligero resoplo. Sentí cómo me acariciaba el pelo.

Cuando por fin alcé la vista, su auto ya se alejaba.

———

‮‬UNA TARDE EN que estaba jugando al béisbol con un amigo en el estacionamiento de la iglesia, se abrió una puerta y aparecieron dos monjas. Mi amigo y yo nos quedamos tiesos, convencidos de estar haciendo algo malo. Pero las monjas simplemente avanzaron en mi dirección. Cada una de ellas cargaba una bandeja de aluminio. Mientras se iban acercando, yo sentía un olor a carne con gandures verdes.

—Toma —me indicó una de ellas—. Para tu familia.

No entendía por qué estaban obsequiándome comida. Pero tampoco podía decirle «no, gracias», así nomás, a una monja. Así que acepté las bandejas y regresé a casa, imaginando que acaso mi madre las habría solicitado.

—¿Qué es eso? —quiso saber ella, apenas entré a la casa.

—Me lo dieron las monjas.

Mi madre deshizo el envoltorio de papel.

—¿Lo pediste tú?

—No . . . Yo estaba jugando y . . .

—¿No lo pediste?

—No.

—Porque nosotros no necesitamos comida, Charley. No necesitamos su beneficencia, si eso es lo que ellas creen.

Me puse a la defensiva. No comprendía el significado de "beneficencia", pero algo me dio a entender que no era una cosa que le diesen a todo el mundo.

—¡Yo no lo pedí! —protesté—. Ni siquiera me gustan los gandures verdes.

Nuestras miradas se cruzaron.

—No es mi culpa —insistí.

Me despojó de las bandejas y las puso al lado de los platos sucios.

Botó la carne a la basura, con ayuda de un cucharón. Después hizo lo mismo con los gandures verdes. Se movía con tal fervor, que no podía dejar de mirarla. No bien hizo correr el agua, los últimos restos de comida desaparecieron con una especie de rugido. Enseguida cerró el agua. Y se limpió las manos en el delantal.

—Entonces —dijo, mirándome de nuevo—, ¿tienes hambre?

⚬⚬ LA PRIMERA VEZ que oí la palabra «divorcio» fue después de un juego de béisbol de la *American Legion*. Los entrenadores estaban apilando los bates en la parte trasera de una camioneta, y el padre de un jugador del equipo rival tomó mi bate por error. Fui corriendo y le dije:

—Es mío.

—¿En serio? —me preguntó, mientras jugueteaba con él.

—Sí. Lo traje andando en bicicleta.

El hombre podría haber desconfiado de mis palabras, ya que casi todos los niños concurrían allí con sus padres.

—De acuerdo —dijo y me lo devolvió. Luego entrecerró los ojos y añadió—: Tú eres el hijo de la divorciada, ¿no es así?

Me quedé mudo. ¿*Divorciada?* Me sonó exótico. No pensaba en mi madre en esos términos. Los hombres solían preguntarme «eres el hijo de Len Benetto, ¿no?», y no estoy seguro de qué me caía peor: ser el hijo de esta nueva palabra o si no ser más el hijo de las palabras que conocía.

—¿Y cómo está tu madre? —preguntó el hombre.

Alcé los hombros.

—Está bien.

—¿Ah, sí? —me dijo. Sus ojos recorrieron el campo de juego, antes de volver a posarse en mí—. ¿No le hace falta ninguna ayuda en el hogar?

Tuve la sensación de ser apenas un obstáculo entre él y mi madre.

—Está bien —repetí.

El hombre asintió con un movimiento de cabeza.

Y si es posible desconfiar de un movimiento de cabeza, yo lo hice.

ᐒᐁ ASÍ COMO AQUEL día me familiaricé con la palabra «divorciada», recuerdo con claridad el día en que empecé a aborrecerla. Mi madre acababa de volver del trabajo y me envió al mercado en busca de pan y ketchup. Resolví tomar un atajo, por la parte de atrás de las casas. Al flanquear una vivienda de ladrillos vi que ahí estaban ocultos dos estudiantes de mi escuela, algo mayores que yo. Uno de ellos, un gordito llamado León, protegía algo apretándolo contra el pecho.

—Hola, Benetto —me dijo enseguida.

—Hola, León —respondí y, mirando al otro, agregué:
—Hola, Luke.

—Hola, Chick.

—¿Dónde vas? —preguntó León.

—A Fanelli —le dije.

—¿Sí?

—Sí.

Entonces León abrió su puño y alcancé a ver unos binóculos.

—¿Para qué son? —dije.

—Son artefactos del ejército —dijo, contemplando unos árboles—. Binóculos.

—Tienen aumento de veinte —explicó Luke.

—Déjame ver . . .

Me los tendió y los puse ante mis ojos. Los rebordes estaban calientes. Fui orientando los binóculos, hacia arriba, hacia abajo, y capté los borrosos colores del cielo, luego los pinos, luego mis pies.

—Los usaban en la guerra —dijo Luke— para localizar al enemigo.

—Son de mi padre —dijo León.

Deploré tener que escuchar esa palabra. Devolví los binóculos.

—Adiós —les dije.

León asintió.

—Adiós.

Reemprendí el camino pero en mi cabeza algo me intranquilizaba. Por ejemplo, la manera en que León había girado para contemplar los árboles. Lo había hecho con demasiada prisa, ¿entiendes lo que quiero decir? Así que rodeé la casa de ladrillos y me escondí tras los setos. Lo que pude ver me irrita hasta el día de hoy.

Luke y León estaban ahora acuclillados, a muy poca distancia, y ya no contemplaban más los árboles, sino, en sentido contrario, mi casa, al tiempo que se pasaban los binóculos. Su miraba trazaba una línea recta hasta el dormitorio de mi madre. Entonces vislumbré la silueta de ella, los brazos en alto encima de la cabeza, y de inmediato pensé: *de regreso del trabajo, desvistiéndose, dormitorio*. Un escalofrío me recorrió el cuerpo, de la cabeza a los pies.

—Ay, ay, ay . . . —suspiraba León, extasiado—. Mira a la divorciada . . .

Creo que nunca volví a sentir una furia semejante. Me abalancé sobre ellos con los ojos llenos de sangre, y aunque ambos fueran mayores los empujé por detrás y atrapé del cuello a León, mientras arrojaba trompadas a mansalva.

De paseo

MI MADRE SE puso su abrigo de tweed blanco y fue ajustándolo hasta que le quedara bien. Había pasado sus últimos años peinando a las mujeres más viejas del barrio, aquellas que ya no salían a la calle. Mi madre iba de hogar en hogar, para cumplir sus ritos de embellecimiento. Ese día, me dijo, tenía tres «visitas» profesionales, y me propuso acompañarla.

—¿Quieres que de camino pasemos por el lago, Charley?—sugirió—. Esta hora del día es maravillosa.

Asentí sin abrir la boca. ¿Cuánto tiempo había transcurrido desde me caída de la torre de agua? ¿Cuánto tiempo había transcurrido en el césped, hasta que alguien notara mi presencia? Todavía podía sentir la sangre en mi boca, y un dolor bastante agudo iba y venía, como una marea; un instante me sentía bien, al siguiente me dolía todo. Y sin embargo aquí estaba, caminando por las calles del barrio, cargando la cartera morada de mi madre, una cartera de vinilo donde ella guardaba sus implementos para el cabello.

—Mamá —solté por fin—. Cómo . . .

—¿Cómo qué, mi cielo?

Me aclaré la garganta y dije:

—¿Cómo es posible que tú *estés* aquí?

—Vivo aquí —me respondió.

Meneando la cabeza, suspiré:

—Ya no más.

Ella elevó la vista al cielo.

—Sabes, Charley, el día en que naciste el clima estaba igual que hoy. Fresco pero muy agradable. Por la tarde empecé con las labores de parto, ¿lo recuerdas? —preguntó, como si yo fuera a decirle «claro que lo recuerdo»—. Aquel médico . . . ¿Cómo era su nombre? ¿Rapposo? El doctor Rapposo. Me pidió que no pariera después de la seis porque su esposa estaba cocinándole su plato favorito y por nada del mundo se lo pensaba perder.

Yo ya había oído esta anécdota otras veces.

—Pescado frito —murmuré.

—¡Pescado frito! ¿Puedes creerlo? Una cosa tan simple de cocinar. Tanto lío armó que yo pensé que, por lo menos, se trataría de carne asada. Como sea, da lo mismo. Porque al fin de cuentas Rapposo tuvo su pescado —dijo mi madre y me miró, divertida—. Y yo te tuve a ti.

Seguimos caminando, unos pasos más. Tanto me latían las sienes, que las frotaba con las palmas de mis manos.

—¿Qué ocurre, Charley? ¿Te duele?

La pregunta, aunque sencilla, era imposible de responder. ¿Dolor? ¿Por dónde empezar? ¿Por el accidente? ¿El salto al vacío? ¿Los tres días bebiendo sin parar? ¿La boda de mi hija? ¿Mi propio matrimonio? ¿Mi depresión? ¿Los últimos ocho años? En ese lapso ¿había sentido yo otra cosa que no fuese dolor?

—Últimamente no he estado muy bien, mamá —le dije.

Ella siguió caminando, con la mirada perdida en el césped.

—Durante los tres años siguientes a que me casara con tu padre, deseé tener un hijo, ¿sabes? En esa época, tardar tres años en quedar embarazada era demasiado tiempo. La gente pensó que yo tenía algún problema. Y yo también —dijo y soltó un suspiro—. No lograba imaginar una vida sin hijos. Una vez hasta . . . No, espera. Mejor te muestro.

Y me guió hasta un árbol muy alto, próximo a nuestra casa.

—Era tarde en la noche y no podía dormir —continuó mientras pasaba su mano por la corteza, como quien desentierra un viejo tesoro—. Aquí está, después de todo este tiempo.

Me arrimé para leer. Alguien había grabado allí las palabras POR FAVOR, en letras diminutas y torcidas. Había que mirar con esfuerzo, pero era claro: POR FAVOR.

—Roberta y tú no fueron los únicos en tallar palabras —dijo con una sonrisa.

—¿Qué es esto?

—Una plegaria.

—¿Por un hijo?

Asintió.

—¿Por mí?

Volvío a asentir.

—¿En un árbol?

—Los árboles se pasan el día entero contemplando a Dios.

Hice una mueca.

—Ya lo sé —dijo alzando las manos, como si se rindiese—. Eres tan sensiblera, mamá.

Acarició de nuevo el tronco y después soltó un leve *hmm*. Parecía estar evocando lo sucedido desde aquella tarde en que yo vine al mundo. Me pregunté si el sonido sería distinto, de conocer ella todos los pormenores de la historia.

—Ahora sabes cuánto llegó alguien a desearte, Charley —dijo—. Los hijos suelen olvidarse de estas cosas. Piensan que son una carga, y no un deseo hecho realidad.

Mi madre irguió el torso y se acomodó la ropa. Tuve ganas de llorar. ¿Un deseo hecho realidad? ¿Hacía cuánto que alguien se refería a mi persona en semejantes términos? Tal vez debía avergonzarme por cómo le había dado la espalda a la vida. En cambio, me dieron ganas de beber. De pronto extrañaba la penumbra de un bar, sus luces de bajo voltaje, el sabor del alcohol y el vaso vacío.

Me acerqué y puse un brazo por encima del hombro de mi madre. Esperaba atravesar su carne con mi gesto, como en las malas películas de fantasmas. Pero no. Mi brazo permaneció ahí, apoyado sobre sus pequeños huesos.

—Estás muerta —solté de improviso.

Una repentina brisa desarmó una pila de hojas.

—Te complicas demasiado, Charley —repuso.

&ℴ POSEY BENETTO ERA una gran conversadora, eso decía toda el mundo. Pero, a diferencia de muchas personas que tan sólo saben expresarse bien, ella además sabía escuchar bien. Escuchaba a los pacientes del hospital. Escuchaba a los vecinos en los días más calurosos del verano. Y le encantaban las bromas. A todo quien la hiciera reír, lo premiaba con una buena palmada en la espalda. Era adorable. Al punto que para toda la gente era "la adorable Posey".

Sin embargo, esto fue así sólo, mientras mi padre estuvo a su lado. Tras el divorcio, liberada ella de su compromiso matrimonial, las otras mujeres no quisieron tener a una mujer tan adorable cerca de sus maridos.

En consecuencia mi madre perdió a todas sus amistades. Fue como si de pronto hubiese contraído la peste. ¿Las partidas de naipes que ella y mi padre solían jugar con los vecinos? Terminadas. ¿Las invitaciones a los cumpleaños? Nunca más. Cada Cuatro de Julio se olía por todas partes a carbón, pero nadie nos invitaba a ninguna barbacoa. En Navidad se veían carros estacionados delante de todas las casas y los adultos conversaban animadamente tras los ventanales. Pero mi madre permanecía con nosotros en la cocina, preparando masa de galletas.

A menudo le preguntábamos:

—¿No vas a la fiesta que dan hoy?

—Nosotros tenemos una fiesta aquí mismo —solía responder.

Ella se encargaba de que pareciera una elección. Tan sólo nosotros tres. Por años pensé que Año Nuevo era una celebración privada, en familia, y que consistía en tomar helado con salsa de chocolate delante de un televisor. Más tarde me sorprendí al saber que mis amigos adolescentes se pasaban la noche probando todas las bebidas alcohólicas de la familia, ya que los padres, bien vestidos, se iban de la casa a las ocho en punto.

—¿Quieres decir que estás obligado a pasar Año Nuevo en compañía de tu madre? —me preguntaban.

—Sí —gruñía yo.

Pero era mi madre, mi adorable madre, quien en verdad estaba obligada a pasar esa noche con nosotros dos.

Veces que *no* salí en defensa de mi madre

Para la época en que se fue mi padre, ya he dejado de creer en Santa Claus, pero Roberta tiene tan sólo seis años y todavía cumple con toda la rutina: le deja unas galletas, le escribe una carta, espía su llegada por la ventana, señala una estrella y pregunta: «¿Ese es el reno que tira del trineo?»

El primer diciembre que pasamos a solas, mi madre quiere que hagamos algo especial. Ha encontrado un disfraz completo de Santa Claus: chaqueta roja, pantalones rojos, botas y barba postiza. Al llegar la Nochebuena le dice a Roberta que se meta en la cama a las nueve y media y que, bajo ninguna circunstancia, se aparezca por la sala hasta que den las diez. Esto significa, claro, que Roberta deja la cama a las diez menos cinco para espiarnos como un halcón.

Me ubico tras ella, linterna en mano. Nos sentamos en la escalera. De repente se apagan las luces y oímos unos crujidos. Mi hermana suelta un grito entrecortado. Enciendo la linterna. «¡No, Chick!», gime Roberta en un susurro y la apago, pero entonces, dado que soy el mayor, vuelvo a encenderla y vislumbro a mi madre en su disfraz de Santa Claus, cargando una funda de almohada como si fuera una bolsa repleta de regalos.

Mi madre gira la cabeza y ensaya un bramido. «Ho, ho, ho,

¿quién está allí?» Mi hermana se esconde, zambulléndose. *Por alguna razón, no dejo de alumbrar a mi madre, el haz de luz da en
su cara barbuda, hasta que debe cubrirse los ojos con su mano libre.*

—¡Ho, ho, ho! *—intenta otra vez.*

*Roberta está apelotonada como un insecto, escudriñando por
encima de sus puños entrecerrados.* «¡Apaga la luz, Chick!», *murmura.* «Vas a asustarlo». *Yo sólo veo lo absurdo de la situación y lo
que haremos para prolongar el engaño: compartir una falsa cena
con una falsa versión femenina de Santa Claus, hacer de cuenta
que somos una familia completa y no tres cuartos de una familia.*

—Es mamá *—digo sin énfasis.*

—¡Ho, ho, ho! *—suelta mi madre.*

—No. No lo es *—dice Roberta.*

—Claro que sí, tonta. Es mamá. Santa Claus no es mujer, estúpida.

*Sigo apuntando a mi madre con la linterna y veo que su
postura cambia: reclina la cabeza, deja caer los hombros, como
un Santa Claus fugitivo que acabara de ser atrapado por la policía. Roberta se pone a llorar. Sé que mi madre quiere regañar-
me, pero no puede hacerlo sin desenmascararse, así que me mira
fijamente entre su gran bonete y su barba de algodón, y de
pronto siento la ausencia de mi padre. Al fin ella deja caer la
funda de la almohada, llena de pequeños obsequios, y se va sin
emitir más* «ho, ho, ho». *Mi hermana regresa entre lágrimas a
la cama. Yo me quedo en la escalera, linterna en mano, alumbrando un árbol y un cuarto vacío.*

Rose

MI MADRE Y yo continuábamos paseando por el barrio. Para entonces yo había empezado a aceptar vagamente esta . . . (¿cómo calificarla?), esta locura temporaria. Me dije que iría con mi madre a todos lados donde ella quisiera ir. A decir verdad, una parte de mí no deseaba que aquello terminase. Cuando un ser humano que has perdido reaparece ante tus ojos, es tu cerebro el que se resiste a aceptarlo, no tu corazón.

La primera cliente vivía en una minúscula casa de ladrillos, en plena calle Lehigh, a apenas dos cuadras de nuestra casa. Había un toldo de metal sobre el porche y un tiesto lleno de piedritas. El aire de la mañana parecía un tanto agitado, y una luz irreal subrayaba los contornos de la escena, como si el paisaje estuviese dibujado con tinta. Aún no había visto a otra persona que no fuera mi madre, pero ya era media mañana y una buena parte de la gente debía de estar trabajando.

—Golpea —dijo mi madre.

Golpeé.

—Es bastante sorda. Golpea más fuerte.

Di un golpe seco en la puerta.

—Otra vez.

Di un golpe potente.

—No tan fuerte —dijo mi madre.

Por fin la puerta se abrió. Una anciana embutida en una blusa y apoyada en un bastón de tres patas nos obsequió una sonrisa confundida.

—*Bueeeen* día, Rose —canturreó mi madre—. Traje a un joven conmigo.

—Oooh —dijo Rose. Su voz era tan aguda que parecía la de un pájaro—. Sí, ya veo.

—¿Te acuerdas de mi hijo Charley?

—Ay, sí. Ya veo —dijo, retrocediendo un paso—. Adelante. Adelante.

La casa era pulcra, pequeña y como congelada en los años setenta. La alfombra era azul. Los sillones estaban cubiertos con plástico. La acompañamos hasta un cuarto, en el fondo de la casa. Nuestros pasos se volvían artificialmente cortos y lentos, obligados a andar tras Rose y su pesado bastón.

—¿Estás pasando un buen día, Rose? —quiso averiguar mi madre.

—Oooh, sí. Más ahora que han llegado ustedes.

—¿Te acuerdas de mi hijo Charley?

—Ay, sí. Qué buenmozo.

Esto último lo dijo dándome la espalda.

—¿Y cómo están tus hijos, Rose?

—¿Qué has dicho?

—Tus hijos, ¿como están?

—Oooh —dijo agitando una mano—. Vienen a verme una vez a la semana. Como cumpliendo un deber.

Me era imposible decir, a esta altura, si Rose era una aparición o una persona de verdad. Su hogar parecía de verdad. La calefacción estaba encendida y reinaba por todas partes un olor a pan tostado. Entramos en el patio de ropas, donde había una silla puesta al lado de un fregadero. La radio transmitía una canción de una gran orquesta.

—¿Me harías el favor de apagar eso, jovencito?—dijo Rose, sin alzar la vista—. A veces pongo la radio muy fuerte.

Moví la perilla y reduje el volumen.

—¿Oyeron qué tragedia? —dijo Rose—. Un accidente en la carretera. Hablaban de eso en el informativo.

De pronto, se me heló la sangre.

—Un carro chocó con un camión y se estrelló contra un gran cartel. Lo derribó. Qué horrible.

Estudié el rostro de mi madre. Esperaba que ella, mirándome a los ojos, exigiese mi confesión. *Admite lo que hiciste, Charley.*

—Bueno, Rose, las noticias son deprimentes —dijo en cambio, aún sin abrir su cartera.

—Oooh, sí. Muy deprimentes —dijo Rose.

¿Lo sabían? ¿No lo sabían? Sentí una oleada de temor, como si alguien estuviera a punto de golpear la ventana y de obligarme a salir.

Entre tanto, Rose fue girando su bastón, después sus rodillas y después sus hombros huesudos en mi dirección.

—Es muy bonito que pases un día con tu madre —dijo—.
Los hijos deberían hacer estas cosas con más frecuencia —y
posó una mano temblorosa en el respaldo de la silla pegada al
fregadero.

—Ahora bien, Posey —dijo—, ¿todavía puedes lograr
que luzca hermosa?

QUIZÁ TE ESTÉS preguntando cómo hizo mi madre para
ser peinadora. Como ya he dicho, ella trabajaba de enfermera
y realmente le gustaba esa profesión. Tenía esa enorme dosis
de paciencia necesaria para poner vendajes con sumo cuidado, para extraer sangre o incluso para responder de forma
tranquilizadora a las incontables preguntas de los enfermos
angustiados. A los pacientes del sexo masculino les gustaba
tener cerca a una mujer joven y hermosa. Las pacientes se
mostraban agradecidas cuando mi madre las peinaba o les
echaba una mano para pintarse los labios. Dudo que aquello
no excediera el protocolo, pero mi madre llegó a maquillar a
varios pacientes del hospital. Afirmaba que con ello los hacía
sentir mejor. Y ésta es la meta de todo quien se interna en un
hospital, ¿no es cierto? "No se supone que entres allí para
pudrirte", solía decir.

En ocasiones, a la hora de la cena, sus ojos se volvían distantes y ella hablaba sobre el enfisema de «la pobre señora

Halverson» o sobre la diabetes del «pobre Roy Endicott». Cada tanto dejaba de mencionar a una persona, y si mi hermana preguntaba «¿qué hizo hoy la vieja Golinski?», mi madre le respondía, «se fue a su casa, mi amor». Mi padre alzaba las cejas y le clavaba una mirada, antes de volver a ocuparse de masticar la comida. Sólo años después, más grande, comprendí que «se fue a su casa» significaba, en realidad, «se murió». De cualquier modo, llegados a este punto, por lo común mis padres cambiaban de tema.

∞ HABÍA UN SOLO hospital en toda la región y, tras la partida de mi padre, mi madre intentó trabajar allí el máximo de horas que fuera posible, lo que ya no le permitió recogernos en la escuela. Casi siempre, por lo tanto, era yo quien debía recoger a Roberta; la guiaba de vuelta a casa, y luego iba en bicicleta a la práctica de béisbol.

—¿Crees que papá estará hoy en casa? —me preguntaba Roberta.

—No, tonta —era mi respuesta—. ¿Por qué tendría que estar en casa?

—Porque el césped está muy crecido y él tiene que cortarlo —me decía. O también—: Porque hay muchas hojas para rastrillar —O acaso—: Porque es jueves, y los jueves mamá prepara cordero.

—Dudo que ésa sea una razón suficiente —le explicaba, y Roberta hacía una pausa antes de soltar la pregunta obvia:

—¿Por qué se fue? Dime, Chick.

—No lo sé. Simplemente se fue, ¿de acuerdo?

—Esa tampoco es una razón suficiente —murmuraba Roberta.

Una tarde, cuando yo tenía doce años y mi hermana siete, oímos al salir de la escuela el sonido de una bocina.

—¡Es mamá! —gritó Roberta y echó a correr.

Cosa inusual, mi madre no bajó del carro. Mi madre sostenía que era mala educación tocarle la bocina a la gente; años más tarde llegó a deslizarle a mi hermana que un muchacho que no desciende de su automóvil para llamar a la puerta no es alguien que valga la pena. Pero aquí estaba ella ahora, negándose a bajar del carro, así que seguí a Roberta, crucé la calle y subí al auto.

Mi madre se veía fatal. Tenía unas manchas negras en torno a los ojos y a cada rato se aclaraba la garganta. No vestía su uniforme blanco de enfermera.

—¿Qué haces aquí? —le pregunté. Así le hablaba a mi madre por esos días.

—Dame un beso —me respondió.

Incliné la cabeza y ella apenas pudo besarme el pelo.

—¿Saliste temprano del trabajo? —inquirió Roberta.

—Sí, mi vida, algo por el estilo —dijo mi madre y resopló. Después se miró en el espejo retrovisor y limpió esas manchas negras en torno a sus ojos.

—¿Qué les parece un buen helado? —nos dijo.

—¡Sí, sí! —exclamó mi hermana.

—Tengo béisbol —argumenté.

—Ay, bueno, falta a la práctica. ¿Sí?

—¡No! —protesté—. No se puede faltar a las prácticas; hay que ir.

—¿Quién lo dice?

—Los entrenadores y todo el mundo.

—¡Yo quiero ir! ¡Quiero un helado! —dijo Roberta.

—¿Sólo un heladito rápido? —insistió mi madre

—¡Ya dije que no! ¿De acuerdo?

Alcé los ojos y la miré. Lo que vi, no creo haberlo visto antes. Mi madre estaba confundida, extraviada.

Sólo después supe que la habían despedido del hospital. Sólo después supe que algunos miembros del personal habían juzgado que ella, ahora que estaba de nuevo soltera, era un elemento de distracción para los médicos. Sólo después supe que había habido algún tipo de incidente con un medico veterano y que mi madre lo había acusado de comportamiento inadecuado. Por defenderse la habían premiado con la conclusión de que «esto ya no está funcionando».

¿Y sabes qué es lo más extraño? Que de alguna u otra forma, supe todo esto en el instante en que la miré a los ojos. No me refiero a los detalles, desde luego. Pero una mirada extraviada es una mirada extraviada; yo tenía alguna experiencia en la materia por haber sufrido algo semejante en carne propia.

Entonces sentí que odiaba a mi madre. Que la odiaba por ser tan débil como yo.

Bajé del carro y le dije:

—No quiero ningún helado. Me voy ya mismo a entrenar.

Mientras cruzaba la calle, mi hermana se asomó y me gritó:

—¿No quieres que te compremos un cono?

Pensé: eres tan tonta, Roberta, los conos se derriten.

Veces que *no* salí en defensa de mi madre

Mi madre ha descubierto mis cigarrillos. Ocultos en un cajón, entre las medias. Tengo catorce años.

—Esta es mi habitación —le grito.

—¡Charley! Ya lo hemos discutido. Te he dicho que no debes fumar. ¡Es lo peor que podrías hacer! ¿Qué diablos te ocurre?

—¡Eres una hipócrita!

Mi madre se detiene. Su cuello se ha puesto tenso.

—Nunca vuelvas a emplear esa palabra.

—¡Tú fumas! Por lo tanto eres una hipócrita.

—No uses esa palabra.

—¿Por qué no, mamá? Siempre dices que debo utilizar palabras cultas. Aquí va una: Tú fumas, yo no puedo. Mi madre es una hipócrita.

Mientras le grito todo esto, no dejo de moverme. El movimiento parece darme fuerzas y confianza, como si de esta manera ella fuese incapaz de golpearme. La escena sucede después de que mi madre haya sido empleada en el salón de belleza, o sea que en vez de su uniforme blanco de enfermera ahora se pone ropa a la moda para trabajar, como los pantalones modernos y la blusa color turquesa que viste hoy. Estas prendas realzan su figura, las aborrezco.

—*Me los llevo* —grita, asiendo los cigarrillos—. *Y usted, señorito, tiene prohibido salir hoy.*

—*No me importa* —respondo echándole una mirada furiosa—. *Y no entiendo por qué tienes que andar vestida así. Me das nauseas...*

—*¿Yo qué?* —*mi madre, enfurecida, me pega una cachetada*—. *¿YO QUÉ? Que te doy...* —*¡otra cachetada!*— *nauseas...*
—*¡cachetada!*—, *¿eso te doy?* —*¡cachetada!*— *¿eso dijiste?*
—*¡cachetada!*—*¿Eso es lo que PIENSAS DE MÍ?*

—*¡No, no!* —*imploro*—. *¡Basta!*

Me cubro la cabeza e intento esconderme. Bajo corriendo las escaleras y salgo por el garaje. Me quedo afuera hasta bastante después de que oscurece. Cuando al fin regreso a casa, la puerta de su dormitorio está cerrada y me parece oír un llanto. Me refugio en mi habitación. Los cigarrillos siguen ahí. Enciendo uno y me largo a llorar.

Niños avergonzados

ROSE SE HABÍA instalado junto al fregadero, con el pelo recogido, y mi madre la estaba rociando con agua. Según parece, tenían toda una rutina establecida. Colocaban unas almohadas y unas toallas hasta que la cabeza de Rose se hallase a la altura ideal, entonces mi madre podía desplazar una mano libre por su cabello húmedo.

—¿Está muy caliente? —dijo mi madre.

—Oooh, no. Está perfecto —dijo Rose y cerró los ojos—. Sabes, Charley, tu madre se ocupa de mi pelo desde que yo era muy joven.

—Tu corazón aún es joven, Rose —dijo mi madre.

—Sí, es la única parte joven de mi cuerpo.

Ambas se rieron.

—Cuando iba al salón de belleza, sólo preguntaba por Posey. Si ella no estaba, prefería regresar al día siguiente. «¿No quiere que la atienda otra persona?», me preguntaban. «Nadie me toca el pelo, excepto Posey», les decía.

—Eres tan dulce, Rose —dijo mi madre—. Pero las otras muchachas eran buenas.

—Por favor. Déjame elogiarte. Tu madre, Charley, siempre se hacía un rato para atenderme. Y cuando se me hizo demasiado difícil ir al salón de belleza, ella empezó a venir a casa, una vez por semana.

Con sus dedos temblorosos, Rose le dio una palmadita al antebrazo de mi madre.

—Gracias, querida, por todo.

—De nada, Rose.

—De joven eras tan bella.

Vi que mi madre sonreía. ¿Cómo podía estar orgullosa de lavar el cabello de otras personas?

—Hablando de belleza, Rose, deberías conocer a la hija de Charley —dijo mi madre—. Toda una rompecorazones.

—¿En serio? ¿Cómo se llama?

—María. ¿Cierto que es una rompecorazones, Charley?

¿Qué respuesta dar a eso? La última vez que se habían visto ellas dos había sido el día de la muerte de mi madre, ocho años atrás. María aún era adolescente. Cómo explicarle a mi madre todo lo ocurrido desde entonces: que me habían expulsado de la vida de mi hija; que ella tenía otro apellido; que yo había caído tan bajo que resolvieron no invitarme a su boda. María me había amado, sin duda. Solía correr hacia mi siempre que yo volvía de trabajar, con los brazos bien abiertos, al grito de: «Abrázame, papá». Pero eso era historia antigua . . .

—María está avergonzada de mí —solté al fin.

—No digas tonterías —dijo mi madre, contemplándome mientras refregaba sus manos con champú.

Bajé la mirada. Necesitaba un trago de forma desesperada. Podía sentir su mirada. Podía oír cómo sus dedos masajeaban el pelo de Rose. De las muchas cosas que me avergonzaban frente a mi madre, el hecho de ser un mal padre era la peor de todas.

—¿Sabes qué, Rose? —dijo entonces—. Charley nunca permitió que yo le cortara el pelo. ¿Puedes creerlo? Siempre quiso ir a una peluquería.

—¿Por qué?

—Bueno, ya sabes. Llegan a una edad en que todo es «vete, mamá, déjame tranquilo».

—Los hijos se avergüenzan de sus padres —dijo Rose.

—Los hijos se avergüenzan de sus padres —repitió mi madre.

Es verdad. En mi adolescencia, había repelido a mi madre. Me negaba a sentarme a su lado en el cine. Esquivaba sus besos. Me incomodaba su silueta femenina y me daba rabia que ella fuese la única divorciada del lugar. Mi deseo era que se comportase igual que las otras madres, que usara ropa discreta, que pegara hojas secas en un álbum, que horneara brownies.

—Tus hijos pueden llegar a decirte las peores cosas, ¿no, Rose? En esos casos te preguntas «¿es éste mi hijo?»

Rose soltó una risa sofocada.

—Pero casi siempre se debe a que están mal. A que deben encontrar alguna forma de aliviar su angustia.

Me fulminó con la mirada.

—Recuerda, Charley. A veces los hijos quieren que tú estés tan mal como ellos.

¿Hacer sufrir del mismo modo que uno ha sufrido? ¿Esto es lo que había hecho yo? ¿Le había hecho sentir a mi madre el rechazo que yo había sentido de parte de mi padre? Y mi hija, ¿hacía ahora lo mismo conmigo?

—No me refería a eso, mamá —murmuré.

—¿A qué?

—Cuando hablé de estar avergonzado, no me refería a ti, ni a tu ropa, ni a . . . ni a tu situación.

Mi madre enjuagó el champú en sus manos, después apuntó con el chorro de agua a la cabeza de Rose.

—Un hijo avergonzado de su madre —dijo ella— no es más que un hijo que no ha vivido lo suficiente.

UN RELOJ CUCÚ que había en el salón rompió el silencio con unas suaves campanadas y un ruido mecánico. Mi madre estaba ahora cortando la cabellera de Rose con ayuda de un peine y de unas tijeras.

Sonó el teléfono.

—Charley, cariño —dijo Rose—. ¿Podrías contestar por mí?

Fui a la habitación de al lado, siguiendo el sonido de la campanilla, hasta que vi un teléfono que colgaba en una pared de la cocina.

—¿Aló? —atendí.

Y en ese instante todo cambió.

—¿CHARLES BENETTO?

Era una voz masculina que hablaba a gritos.

—¡CHARLES BENETTO! ¿ME OYES, CHARLES?

Me quedé paralizado.

—¿CHARLES? ¡SÉ, QUE PUEDES OIRME, CHARLES! HUBO UN ACCIDENTE. RESPÓNDENOS.

Mis manos, temblorosas, colgaron el teléfono.

Veces que mi madre salió en mi defensa

Han pasado tres años desde que se fue mi padre. En plena noche, me despierta el ruido de mi hermana corriendo por los pasillos. Se la pasa yendo y viniendo del salón al dormitorio de mi madre. Tapo mi cabeza con la almohada, deseoso de seguir durmiendo.

—¡Charley! —murmura mi madre a viva voz, tras entrar de repente en mi habitación—. ¡Charley! Dónde está tu bate de béisbol?

—Eh . . . ¿qué? —gruño, alzando las cejas.

—¡Shhh! —dice mi hermana.

—El bate —dice mi madre.

—¿Para qué quieres un bate?

—¡Shhh! —dice mi hermana.

—Roberta oyó algo.

—¿Hay un ladrón en la casa?

—¡Shhh! —dice mi hermana.

Mi corazón se acelera. Todos los niños hemos oído hablar de ladrones que se deslizan sin que nadie los oiga y también de ladrones que entran en las casas y atan a sus habitantes. De inmediato me imagino algo peor: un intruso cuyo único objetivo es asesinarnos a todos.

—¡Charley! ¿El bate?

Mi dedo apunta hacia el armario. Mi pecho se infla al máximo. Mi madre encuentra el bate negro, mi preferido; mi hermana se suelta de su mano y salta sobre mi cama. Hundo las palmas de mis manos en el colchón, no muy seguro del papel que debo desempeñar.

Mi madre se dirige a la puerta.

—Quédense aquí —resopla. Siento el impulso de decirle que ha empuñado mal el bate. Pero ya es tarde, acaba de irse.

Mi hermana tiembla, a mi lado. Me avergüenzo de estar ahí escondido con ella, así que abandono la cama, rumbo a la puerta, pese a que Roberta se aferra al pantalón de mi pijama con tal fuerza que por poco me lo arranca.

En el pasillo, oigo hasta el menor crujido de la casa, y con cada crujido imagino a un ladrón dotado de un cuchillo. Oigo unos ruidos ahogados. Oigo pasos. Imagino a un hombre enorme y rudo, una bestia que sube las escaleras en busca de mi hermana y de mí. Después oigo algo real, un estrépito. Y después . . . ¿voces? ¿Se trata de voces? Sí. No. Pero ésa es la voz de mi madre, ¿o me equivoco? Quiero bajar las escaleras. Quiero meterme de nuevo en la cama. Entonces oigo algo más grave. ¿Otra voz? ¿La voz de un hombre?

Siento un nudo en la garganta.

Al rato llega el ruido de una puerta que se cierra. Con mucha fuerza.

E instantes más tarde, unos pasos se aproximan.

Oigo la voz de mi madre: «Está bien, todo está bien», dice ya sin susurrar. Entra velozmente en la habitación y acaricia mi cabeza antes de ocuparse de mi hermana. Suelta el bate, que hace un ruido sordo al caer al suelo. Mi hermana llora. «Ya está bien, no fue nada», dice mi madre.

Me acurruco contra la pared. Mi madre abraza a mi hermana y suelta la exhalación más larga que yo nunca haya oído.

—¿Quién era? —pregunto.

—Nada, nadie... —dice. Pero sé que está mintiendo. Sé quién era.

—Ven aquí, Charley —dice tendiéndome una mano. Obedezco avanzando de forma muy lenta, con los brazos rígidos a ambos lados de mi cuerpo. Intenta atraerme, pero me resisto. Estoy enfadado con ella y seguiré estándolo hasta el día en que, por fin, me vaya de casa. Sé quién era. Y me enfurece que no haya permitido que mi padre se quedara.

—MUY BIEN, ROSE —estaba diciendo mi madre cuando regresé al cuartito que hacía las veces de patio de ropas—. Vas a quedar muy hermosa. Sólo concédeme otra media hora.

—¿Quién llamó, querido? —me preguntó Rose.

Apenas si podía moverme. Todavía me temblaban los dedos.

—¿Charley? —preguntó mi madre—. ¿Estás bien?

—No había . . . —titubeé—. No respondió nadie.

—Seguro que era un vendedor —dijo Rose—. Suelen colgar si atiende un hombre. Prefieren a las viejecitas como yo.

Tomé asiento. Me sentía exhausto, incapaz de mantener la frente en alto. ¿Qué diablos estaba ocurriendo? ¿De quién era esa voz? ¿Cómo habían logrado localizarme? Cuanto más vueltas le daba a todo esto, más me mareaba.

—¿Estás cansado, Charley? —dijo mi madre.

—Solamente . . . Dame un segundo . . .

Mis ojos se cerraron. Alcancé a oír una voz que me dijo «duerme», pero tan confundido estaba que no supe cuál de ellas había hablado.

Veces que mi madre salió en mi defensa

Tengo quince años y, por primera vez, necesito afeitarme. Tengo unos pocos pelos sueltos en el mentón y una especie de sombra encima del labio. Mi madre me cita una noche en el baño, luego de que Roberta se haya dormido. Ha comprado una afeitadora Gillette, dos cuchillas de acero inoxidable y un tubo de crema de afeitar Burma-Shave.

—¿Sabes cómo usar estas cosas?

—Claro —le digo. Pero en verdad no tengo la menor idea.

—Adelante —me dice.

Aprieto el tubo para que salga la crema, y me la aplico en la cara.

—Debes frotarla hasta que penetre —dice mi madre.

La froto. Lo sigo haciendo hasta que mis mejillas están cubiertas. Tomo la afeitadora.

—Con cuidado —me dice—. Pásala en una sola dirección, no para arriba y para abajo.

—Ya lo sé —respondo contrariado. Me incomoda tener que hacer algo así en presencia de mi madre. En su lugar, debería estar mi padre. Ella lo sabe. Yo lo sé. Ninguno de los dos lo dice.

Sigo sus consejos. Paso la afeitadora en una sola dirección, viendo cómo la crema va formando, a su paso, una larga franja delgada. Cuando paso la hoja por mi quijada, ésta se traba y me corto.

—Ay, Charley, ¿estás bien?

Mi madre se acerca, a punto de abrazarme, pero enseguida retrocede y aparta sus manos, como si supiera que no debe hacerlo.

—Deja de preocuparte —le digo, decidido a continuar.

Mi madre me observa. Prosigo. Desciendo por la quijada, llego hasta el cuello. No bien termino, ella lleva una mano a mi mejilla y sonríe satisfecha. Luego suspira, con acento aristocrático:

—Vaya, vaya, creo que lo has logrado.

Eso me hace sentir bien.

—Ahora lávate la cara —me indica.

Veces que *no* salí en defensa de mi madre

Es Halloween. Tengo dieciséis años y ya estoy demasiado grande para andar de puerta en puerta, como lo marca la tradición. Pero mi hermana pretende que la acompañe a la calle tras la cena —persuadida de que obsequian mejores golosinas cuando oscurece—, así que acepto de mala gana, siempre y cuando mi nueva novia, Joanie, pueda ir con nosotros. Joanie es una porrista y yo soy, en esos tiempos, una estrella en el equipo de béisbol de la escuela.

—Quiero que vayamos bien lejos y obtengamos un montón de golosinas nuevas —dice mi hermana.

Hace frío en la calle. Metemos nuestras manos en los bolsillos mientras vamos de casa en casa. Roberta recoge sus golosinas en una bolsa de papel marrón. Llevo puesta mi chaqueta de béisbol. Joanie, por su parte, lleva su traje de porrista.

—Trick or treat! —grita mi hermana apenas se abre una puerta.

—Oh, ¿y quién eres tú, querida? —le pregunta una mujer. Tiene la edad de mi madre, o eso calculo, pero su pelo es rojizo, lleva una ropa sencilla de ama de casa y tiene las cejas muy mal pintadas.

—Soy una pirata —dice Roberta—. ¡Grrr!

La mujer sonríe y echa en la bolsa de mi hermana una barra

de chocolate, como quien echa una moneda en una alcancía.
Hace plac.

—Yo soy su hermano —digo.

—Y yo . . . Yo estoy con ellos —dice Joanie.

—Vaya . . . ¿conozco a sus padres? —dice la mujer, a punto de
arrojar otro chocolate en la bolsa.

—Mi mamá es la señora Benetto —explica Roberta.

La mujer interrumpe el gesto y se queda con la barra de cho-
colate en la mano.

—¿La señorita Benetto, querrás decir?

Ninguno de nosotros sabe qué responder. La expresión de la
mujer ha cambiado y sus cejas, mal dibujadas, de pronto se han
arqueado para abajo.

—Oyeme bien, mi tesoro. Dile a tu madre que mi marido no
tiene por qué estar viendo, en su tienda, su pequeño desfile de
moda diario. Dile que no se haga grandes ilusiones, ¿me oyes?
Que no se haga ilusiones.

Joanie me mira. Siento que me hierve la nuca.

—¿Puedo llevarme eso también? —pregunta Roberta, sin
apartar los ojos del chocolate.

Como respuesta, la mujer aprieta la golosina contra su pecho.

—Vámonos, Roberta —murmuro, tironeándola con fuerza.

—Se nota que es propio de su familia eso de meter las manos
en todo lo que ven por ahí.—dice la mujer—. ¡Díganle a su
madre lo que les dije! Nada de grandes ilusiones, ¿me oyen?

Pero nosotros ya hemos atravesado la mitad de su jardín.

Rose se despide

Cuando abandonamos la casa de Rose, el sol brillaba con más fuerza que antes. Rose nos acompañó hasta el porche, donde permaneció con su bastón de tres patas apoyado contra el marco de aluminio de la puerta mosquitero.

—Muy bien. Hasta pronto, Rose —dijo mi madre.

—Gracias, querida —dijo Rose—. Nos vemos pronto.

—Claro que sí.

Mi madre le dio un beso en la mejilla. Debo admitir que había hecho un gran trabajo, otorgándole al pelo de Rose mejor forma y hasta cierto estilo. Parecía varios años más joven que antes.

—Se ve bien —le dije a Rose.

—Gracias, Charley. Es una ocasión especial —dijo aferrando su bastón.

—¿Qué clase de ocasión?

—Voy a ver mi marido.

No quise preguntarle adónde, no fuera a ser que él estuviera en un hospital o en un asilo para ancianos. Tan sólo dije:

—¿Ah, sí? Qué bien.

—Sí —repitió con suavidad.

Mi madre tiró de un hilo suelto en su abrigo. Acto seguido, me miró y sonrió. Rose dio un paso atrás para que la puerta pudiera cerrarse.

Nos alejamos con cuidado, mi madre colgada de mi brazo. No bien llegamos a la esquina, ella miró a la izquierda y me indicó que debíamos doblar. El sol estaba casi sobre nuestras cabezas.

—¿Qué te parece, Charley, si vamos a almorzar?

Estuve a punto de echarme a reír.

—¿Cómo? —dijo mi madre.

—Nada. Que me parece perfecto. Almorcemos.

Esto era tan insólito como todo lo demás.

—¿Te sientes mejor ahora, tras una siesta?

—Creo que sí —dije, alzando los hombros.

Mi madre me acarició una mano, con afecto.

—Se está muriendo, ¿sabes?

—¿Quién? ¿Rose?

—Así es.

—No entiendo. Si se ve muy bien . . .

Mi madre frunció los ojos a raíz de la luz del sol.

—Va a morir esta noche.

—¿Esta noche?

—Sí.

—Pero dijo que iba a ver a su marido.

—En efecto.

Me detuve un momento.

—Mamá —le dije—, ¿cómo sabes que va a morir?

Ella me sonrió.

—Porque estoy ayundándola a que se prepare.

III. Atardecer

Chick y la universidad

CREO QUE EL día que empecé a estudiar en la universidad fue uno de los más felices en la vida de mi madre. Al menos así lo fue en un comienzo. La universidad ofreció pagarme media beca a cambio de que jugara en su equipo de béisbol, aun cuando mi madre, al hablar con sus amigas, ocultaba esto del béisbol, haciendo de cuenta que me habían admitido para que me dedicara exclusivamente a los libros, y no a batear una bola.

Recuerdo la mañana que viajamos en carro por primera vez a la universidad. Mi madre se había levantado antes del amanecer y cuando bajé las escaleras había todo un desayuno esperándome: waffles, tocino, huevos . . . Ni seis personas podrían haber dado cuenta de tanta comida. Roberta quiso venir con nosotros, pero le dije que no —bastante tenía con mi madre—, entonces se consoló comiendo una tostada a la francesa con mucho jarabe de arce. La dejamos en la casa de algún vecino y emprendimos nuestro viaje de cuatro horas.

Como para ella se trataba de un día extraordinario, mi madre se había puesto algunas de sus mejores prendas —pantalón violeta, bufanda, tacos altos y gafas oscuras— e insistió para que yo me pusiera una camisa blanca y una corbata. «Vas a la universidad, no a pescar», dijo. Con semejante aspecto habríamos llamado la atención en Peppervile Beach, pero recuerda que te hablo de la universidad de a mediados de los sesenta: cuanto menos correctamente ibas vestido, mejor eras considerado. De manera que apenas llegamos al campus y descendimos de nuestro Chevy, nos vimos rodeados de muchachas con sandalias y blusas coloridas, y de muchachos en camisetas y pantalones cortos, con el pelo bien largo por encima de las orejas. Entre mi corbata y su pantalón violeta, sentí otra vez que mi madre arrojaba sobre mí una luz de ridiculez.

Deseosa de saber dónde estaba la biblioteca, ella se puso a buscar a alguien que nos orientara. «Charley, mira cuántos libros», me dijo maravillada, mientras recorría el lugar. «Podrías pasar aquí cuatro años sin necesidad de moverte».

En cada lugar en que entrábamos tenía algo para mostrarme. «Mira este cubículo: podrías estudiar aquí». Y también: «Mira esa mesa en la cafetería. Podrías estudiar allí». Toleraba todo esto era porque sabía que muy pronto se marcharía. No obstante, mientras cruzábamos el parque, una muchacha muy hermosa (chicle en la boca, labios apenas pintados, flequillo) atrajo mi mirada, y yo atraje la suya, y contrayendo los músculos de mis brazos pensé: mi primera chica en la universidad, tal vez.

En ese preciso instante mi madre dijo:

—¿Empacamos tus cosas para el baño?

¿Qué respuesta se le da a aquello? ¿Un sí? ¿Un no? ¿Un «¡por Dios, mamá!»? La muchacha siguió de largo y soltó una especie de risa burlona, o quizá me lo imaginé. En cualquier caso, mi madre y yo no existíamos en su mundo. Me quedé viéndola avanzar en dirección de dos jóvenes barbudos echados bajo un árbol. Besó a uno de ellos en los labios y se dejó caer entre ambos, mientras ahí estaba mi madre preguntándome acerca de mis cosas para el baño.

Una hora más tarde, conduje mi maleta hasta la escalera que llevaba a mi habitación. Mi madre sostenía mis dos bates de la suerte, con los cuales había hecho ganar al equipo de béisbol de Pepperville.

—Dame —dije, extendiendo mi mano—, yo me ocupo de los bates.

—Subo contigo.

—No. No hace falta.

—Pero quiero conocer tu dormitorio.

—Mamá.

—¿Qué?

—Por favor . . .

—¿Qué?

—Ya sabes. Por favor.

No pude pensar en otra forma de no herir sus sentimientos. Así que tan sólo aparté un poco su mano. Su rostro se desencajó. Por entonces yo ya era quince centímetros más alto que ella. Mi madre me dio los bates. Los puse sobre la maleta.

—Charley —me dijo, y su voz sonó diferente, más suave—. Dale un beso a tu madre.

Dejé caer la maleta y me acerqué a ella. Pero justo en aquel momento dos estudiantes algo mayores bajaban las escaleras a los saltos, dando pasos muy ruidosos, gritando y riendo. En un acto reflejo, de modo instintivo, me aparté de mi madre.

—Permiso, gracias —dijo uno de ellos al pasar entre nosotros.

Cuando ya se habían alejado, volví a acercarme para darle un pequeño beso en la mejilla, pero ella arrojó los brazos alrededor de mi cuello y me abrazó con vigor. Pude oler su perfume, su spray para el cabello, su crema humectante y todas las pociones y lociones que se había puesto para ese día excepcional.

Me arranqué de su abrazo, recogí la maleta y empecé a subir, dejando a mi madre al pie de la escalera. Fue lo más cerca que estuvo de recibir una educación universitaria.

Mediodía

—¿Y CÓMO ANDA Catherine?

Estábamos de regreso en su cocina; almorzando, tal como ella había sugerido. Desde que me había quedado solo, había comido casi siempre de pie en una cafetería o en locales de comida rápida. Pero mi madre siempre había evitado comer fuera de casa. «¿Por qué pagar por una mala comida?», solía decir; y tras la partida de mi padre, esta frase se volvió aún más habitual. Si comíamos en casa, era porque no podíamos darnos el lujo de comer en ninguna otra parte.

—¿Charley? ¿Cariño? —repitió—. ¿Cómo está Catherine?

—Está muy bien —mentí, sin la menor idea de cómo estaba mi mujer.

—¿Y eso de que María se avergüenza de ti? ¿Qué opina Catherine de esto?

Mi madre trajo un plato con un sándwich: pan pumpernickel, carne asada, tomate y mostaza. Se puso a cortarlo en diagonal. Soy incapaz de recordar cuándo había visto por última vez un sándwich cortado en diagonal.

—Mamá —le dije—, para ser franco contigo . . . Catherine y yo nos hemos separado.

Mi madre terminó de cortar el sándwich. Parecía estar pensando en otra cosa.

—¿Oíste lo que acabo de decirte?

—Hmm —respondió tranquila, sin alzar la vista—. Sí, Charley, te oí.

—No fue por ella. Fue por mí. Hace rato que no estoy bien, ¿sabes? Fue por eso que . . .

¿Qué estaba a punto de decir? ¿Que fue por eso que había tratado de suicidarme? Mi madre empujó el plato hasta que éste quedó delante de mí.

—Mamá . . . —empecé y se me quebró la voz—. Te enterramos. Hace mucho tiempo que no estás aquí.

Contemplé los sándwiches, los dos triángulos de pan, y susurré:

—Ahora todo es diferente.

Ella se acercó y puso una mano contra mi mejilla. En su rostro advertí una mueca de dolor.

—Las cosas se pueden arreglar —me dijo.

8 de septiembre de 1967

Charley:

   ¿Qué te parece mi tipografía? Estuve
practicando en el trabajo, con la máquina
de escribir de Henrietta. ¡Muy eficaz!

   Sé que no vas a leer esta carta hasta
que me haya ido. Pero quiero que sepas
algo, por si acaso se me olvidó decír-
telo en toda mi emoción de verte entrar
en la universidad. Estoy muy orgullosa
de ti, Charley. Eres la primera persona
de nuestra familia que va a la universidad.

   Te pido, Charley, que seas bueno con
los demás. Con tus profesores, por ejemplo. Llámalos siempre «señor» o «señora»,
aun cuando me han dicho que ahora los estudiantes llaman a los profesores por sus
nombres. Me parece que eso está mal.
Trata bien a las muchachas. Sé que no
quieres que te de ningún consejo amoroso,
pero aunque las muchachas te encuentren

guapo, esa no es razón para que te comportes de forma incorrecta. Sé bueno.

Por último te pido que duermas bien. Josie, que viene al salón de belleza, cuenta que su hijo que estudia en la universidad se la pasa quedándose dormido en medio de las clases. No insultes a los profesores de esta forma, Charley. No te duermas. Tienes tanta suerte de estar recibiendo una enseñanza, de aprender cosas nuevas, de no tener que trabajar como empleado en un comercio.

Te amo cada día un poco más.

Y ahora te voy a extrañar un poco más cada día.

Mamá

Cuando vuelven los fantasmas

ANTES SOÑABA QUE encontraba a mi padre. Soñaba que él se había mudado al pueblo aledaño, y que un día yo iba en bicicleta hasta su casa y golpeaba a su puerta y él me contaba que todo había sido un error, un gran malentendido. Los dos volvíamos juntos a casa, yo adelante, mi padre pedaleando con fuerza detrás, y mi madre salía a recibirnos con lágrimas de felicidad.

Son increíbles las fantasías que puede tejer la mente. La verdad es que yo ignoraba dónde vivía mi padre y nunca pude averiguarlo. Muchas veces, apenas salía de la escuela, pasaba por su tienda de licores, pero él nunca estaba allí. Su amigo Marty la atendía ahora, y me dijo que papá trabajaba en el nuevo negocio, en Collingswood. Eso quedaba a apenas una hora de viaje, pero para un niño de esa edad era como viajar a la luna. Al cabo de un tiempo, dejé de ir a su tienda y dejé de fantasear que volvíamos juntos a casa en bicicleta. Fui pasando de grado en grado, hasta terminar la escuela, sin el menor indicio de mi padre.

Se había vuelto un fantasma.

Pero yo lo veía aún.

Lo veía siempre que jugaba con un bate o que lanzaba

una bola, y esta es la causa por la que nunca abandoné el béisbol, por la que jugué sin parar, en primavera, en verano, en cada equipo y en cada liga donde fuese posible. Solía imaginar que mi padre estaba allí presente, observándome, corrigiendo mi posición. Oía sus gritos, «¡agáchate, agáchate, agachate!», mientras corría para atrapar alguna bola rasante.

Los hijos suelen ver a sus padres en los campos de béisbol. En mi caso, sólo era cuestión de tiempo hasta que él apareciese de verdad.

Así que, año tras año, me ponía nuevos uniformes (medias rojas, pantalones grises, camisetas azules, gorras amarillas) y cada uno era como si me vistiese para una visita. Repartí mi adolescencia entre el olor solemne de los libros, que eran la pasión de mi madre, y el olor de cuero en los guantes de béisbol, la pasión de mi padre. Mi cuerpo crecía a su imagen y semejanza: fornido y de espalda ancha, aunque unos cinco centímetros más alto.

Y mientras iba creciendo, me aferraba al mundo del béisbol como a una balsa en medio del mar: lleno de fe, a pesar de todo.

Hasta que, al fin, el béisbol me condujo hasta mi padre.

Como siempre supe que ocurriría.

MI PADRE REAPARECIÓ, tras una ausencia de ocho años, durante mi primer juego en la universidad, en la primavera de

1968, sentado en la primera fila justo a la izquierda del lanzador, desde donde podía examinar mejor mi técnica.

Nunca olvidaré ese día. Era una tarde ventosa y el cielo mostraba un color gris metálico: amenaza de lluvia. Caminé hasta mi puesto. Por lo general no acostumbro mirar a las tribunas, pero esa vez, por alguna razón, lo hice. Entonces lo vi. Su pelo se veía más canoso en las sienes. Sus hombros parecían más pequeños; su vientre algo más ancho, como si se hubiese hundido en su propia carne. Pero aparte de esto, estaba idéntico. Y si se sentía incómodo, no lo demostró. Aunque dudo que yo lo conociese tanto como para reconocer sus síntomas de «incomodidad».

Al verme, mi padre me hizo una seña con la cabeza. Todo pareció congelarse. Ocho años. Ocho años enteros. Un temblor invadió mis labios. Recuerdo que una voz en mi cabeza decía: *No se te ocurra hacerlo, Chick. No llores, maldito, no llores.*

Miré mis pies. Como obligándolos a moverse. No les quité los ojos durante todo el trayecto hasta el puesto del bateador.

Y, acto seguido, bateé la bola por encima del muro que había a la izquierda del campo.

La señorita Thelma

*L*A SIGUIENTE CITA de mi madre era con alguien que vivía en una zona de la ciudad que llamábamos "la planicie". Más que nada, había allí gente pobre que vivía en hileras de casas, pegadas unas a otras. Seguro que tendríamos que ir en auto, pero antes de que pudiera confirmar esto con mi madre sonó el timbre.

—Atiende, Charley, por favor —me dijo ella, mientras terminaba de fregar los platos.

Dudé. No tenía ganas de contestar timbres ni de atender el teléfono. Pero cuando mi madre volvió a pedirme «Charley, ¿por favor?», me incorporé y fui lentamente hacia la puerta.

Para serenarme, me dije que todo estaba bien. Sin embargo, en el preciso instante en que mi mano tocó la manija de la puerta, algo me cegó de súbito, un rayo de luz seguido de una voz masculina, la misma voz que había escuchado en el teléfono de Rose y que ahora me gritaba:

—¡CHARLES BENETTO! ¡PRÉSTAME ATENCIÓN! ¡SOY DE LA POLÍCIA!

Sentí algo semejante a una tormenta de viento. La voz se oía muy próxima, como si fuese posible tocarla.

—¿ME OYES, CHARLES? ¡SOY POLICÍA!

Di un paso atrás, vacilante, y me cubrí la cara con las manos. La luz desapareció. El viento murió. Tan sólo era capaz de oír mi laboriosa respiración. De inmediato busqué a mi madre, pero ella todavía se hallaba junto al fregadero. Lo que está pasando, me dije, ocurre dentro de mi cabeza.

Aguardé unos pocos segundos. Tomé aire, tres veces, bajé la vista y con suma precaución abrí la puerta, esperando encontrarme con el policía que me había estado gritando. Por algún motivo, me lo imaginaba joven.

Pero no bien alcé la vista, en su lugar vi a una mujer negra y anciana, con unos lentes colgando del cuello, atados a una cadena, el pelo todo revuelto y un cigarrillo encendido.

—¿Eres tú, Chickorocó? —me dijo—. ¡Vaya, cuánto has crecido!

LE DECÍAMOS «la señorita Thelma». Solía hacer la limpieza en casa. Era delgada y esmirriada, de sonrisa franca y de muy buen carácter. Su cabello estaba teñido de un color naranja rojizo y siempre fumaba Lucky Strikes que llevaba, igual que un hombre, en el bolsillo de su camisa. Nacida y crecida en Alabama, por algún motivo había ido a parar a Pepperville Beach, donde, a fines de los cincuenta, todas o casi todas las casas de nuestro barrio empleaban a personas como ella. «Empleada doméstica», se decía; o «mucama», si la gente era sincera. Los sábados por la mañana mi padre iba

a recogerla a la terminal de autobuses, cerca de la cafetería
Horn & Hardart, y le pagaba antes de que se fuera de casa,
deslizándole unos billetes plegados como si ninguno de los
dos debiese mirar el dinero. Ella se pasaba el día entero limpiando, mientras nosotros nos íbamos al béisbol. Cuando
volvíamos a casa, mi habitación lucía impecable, me gustara
o no.

Mi madre insistía en que le dijéramos «señorita Thelma».
Me acuerdo de eso, y me acuerdo de que no podíamos entrar
en las habitaciones hasta tanto ella no hubiese pasado la aspiradora. Recuerdo que más de una vez ella jugó conmigo al
béisbol en el jardín trasero. Era capaz de lanzar la bola casi
tan fuerte como yo.

Sin querer, ella inventó mi apodo. Mi padre intentaba
llamarme «Chuck» (mi madre odiaba este nombre y decía
«¿Chuck? ¡Suena a nombre de campesino!»), pero como yo
siempre estaba gritando desde el patio trasero hasta la casa
«¡mammmmá!» o «¡Roberrrrta!», un buen día la señorita
Thelma me miró enojada y dijo: «Oye, chico, por esos gritos
tan agudos que pegas pareces un gallo. Chickorocó, chick,
chick . . . ». Y mi hermana, que entonces iba al kínder, repitió «chick, chick» y, no sé, lo de Chick se me quedó para
siempre. A causa de esto, dudo que mi padre quisiese mucho
a la señorita Thelma.

—Posey —le decía ella ahora a mi madre, obsequiándole
una sonrisa inmensa—. He estado pensando en ti.

—Bueno, muchas gracias —dijo mi madre.

—Claro que estuve pensando —insistió y giró la cabeza, para mirarme—. Ya no puedo lanzarte la bola como antes, Chickorocó —dijo riendo—. Estoy muy vieja.

Nos hallábamos ahora en su carro, para, según deduje, dirigirnos a «la planicie». Me resultaba poco menos que insólito que mi madre se ocupara de la belleza de la señorita Thelma. Pero, en realidad sabía muy poco acerca de mi madre, y acerca de su última década de vida. Había estado demasiado absorto en mi propia tragedia.

En camino, a través de las ventanillas, vi por primera vez a otras personas. Un anciano de barba gris guardaba un rastrillo en su garaje. Mi madre lo saludó con la mano y él respondió a su saludo. Una mujer con el cabello parecido a un helado de vainilla estaba sentada delante de su casa, con un vestido muy simple. Otro saludo de mi madre. Otro saludo en respuesta.

Así fuimos andando un rato, hasta que las calles se volvieron más estrechas y ruinosas.

Tomamos un camino de piedra y llegamos a una casa bi-familiar con un porche techado al que flanqueaban unas puertas muy necesitadas de pintura. Había unos cuantos carros estacionados. Una bicicleta yacía en el césped. La señorita Thelma detuvo el carro y lo apagó.

De pronto, nos vimos dentro de la casa. El dormitorio tenía paredes revestidas con madera y una alfombra verde oliva.

La cama era tan antigua que poseía un baldaquín. La señorita Thelma se recostó en ella, la nuca apoyada sobre dos almohadas.

—¿Qué está ocurriendo? —le pregunté a mi madre.

Ella sacudió la cabeza como diciendo «ahora no», y se puso a deshacer su maleta. Desde otra habitación llegaron los gritos de unos niños, y alcancé a oír los ruidos amortiguados de un televisor y unos platos de comida.

—Creen que estoy durmiendo— susurró la señorita Thelma.

Después miró a mi madre a los ojos.

—Posey, te agradecería mucho si pudiese ser ahora. ¿Es posible?

—Por supuesto— repuso mi madre.

Veces que *no* salí en defensa de mi madre

No le cuento que he vuelto a ver a mi padre. Él vuelve a aparecer en el siguiente juego y otra vez me hace una seña con la cabeza cuando llego a mi puesto. En esta oportunidad le respondo, levemente, pero lo hago. Y otra vez marco muchos puntos.

Continuamos así durante varias semanas. Él se sienta y me observa. Yo impacto la bola de lleno, como si ésta tuviera cinco centímetros de ancho. Al final, tras un juego como visitantes en el que me destaco con otros dos jonrons, veo que me espera junto al bus del equipo. Lleva una gruesa chaqueta azul sobre un camiseta blanca de cuello alto. Miro el gris en sus sienes. Alza el mentón cuando me ve, como negándose a aceptar que ahora soy más alto que él. Las primeras palabras que me dice son:

—Pregúntale a tu entrenador si puedo conducirte de regreso al campus.

Me siento capaz de todo. Podría escupirle. Podría decirle que se vaya al demonio. Podría ignorarlo de la misma manera en que él nos ignoró.

Podría decir algo acerca de mi madre.

Sin embargo, hago lo que él me ha pedido. Pido permiso para

no subir al bus. Mi padre está respetando la autoridad del entre-
nador, yo estoy respetando la autoridad de mi padre, y así fun-
ciona el mundo, con todos nosotros comportándonos como
hombres.

—NO LO SÉ, Posey... Tendrás que hacer un milagro —dijo la señorita Thelma, mirándose en un espejo de mano.

Entre tanto, mi madre había sacado de su cartera unos potes y unos frascos.

—Bueno, esta es una caja milagrosa —dijo.

—No me digas. ¿Tienes una cura para el cáncer ahí dentro?

Mi madre señaló un frasco.

—Tengo una crema humectante.

Thelma se rió.

—¿Crees que es una ridiculez, Posey?

—¿Qué cosa, mi cielo?

—Que quiera verme bien...

—Eso no tiene nada de malo, te lo aseguro.

—Lo que sucede es que mis hijos y mis hijas están ahí. Y también sus respectivos hijos. Quiero que me vean saludable, ¿entiendes? No quiero que se asusten al verme toda vieja y arrugada.

Mi madre pasó un poco de crema humectante por la cara de la señorita Thelma, haciendo grandes movimientos circulares con las palmas de sus manos.

—Tú nunca te verás toda vieja y arrugada.

Ambas volvieron a reír.

—A veces extraño los sábados —dijo la señorita Thelma—. Sí que nos divertíamos, ¿no es cierto?

—Nos divertíamos —dijo mi madre

—Sí que nos divertíamos —convino la señorita Thelma y cerró los ojos mientras las manos de mi madre hacían su trabajo.

—Querido Chick, tu mamá es la mejor compañera que tuve.

No estaba seguro de haber entendido.

—¿Tú también trabajaste en el salón de belleza? —le pregunté.

Mi madre sonrió.

—Nooo —dijo la señorita Thelma—. Por mucho que lo hubiese intentado, yo nunca podría hacer que alguien luzca mejor.

Mi madre tapó la crema humectante y buscó otro frasco. Lo abrió y vertió una dosis en una pequeña esponja.

—¿Entonces? —dije—. No entiendo . . .

Mi madre sostenía la esponja como un pintor a punto de pasar su pincel por la tela.

—Limpiábamos casas juntas, Charley —me dijo.

Y apenas vio la expresión en mi rostro, movió los dedos como dando por cerrado el asunto.

—¿Cómo crees que hice para que ustedes dos fuesen a la universidad?

EN MI SEGUNDO año en la universidad, ya había aumentado cinco kilogramos de musculatura y esto se volvía evidente porque bateaba con mayor potencia. El promedio de mis bateos me colocaba entre los cincuenta mejores jugadores universitarios del país. A pedido de mi padre, participé en varios torneos que eran exhibiciones para cazatalentos profesionales: sujetos que se instalaban en las tribunas con cuadernos y cigarros. Un buen día, uno de ellos se nos acercó al finalizar un juego.

—¿Es tu hijo? —le preguntó a mi padre.

Mi padre asintió con desconfianza. El hombre tenía poco pelo y una nariz prominente, y su camiseta asomaba por debajo de un suéter liviano.

—Trabajo para los Cardenales de Saint Louis.

—¿En serio? —dijo mi padre.

Debí esforzarme para disimular mi emoción.

—Tenemos una vacante . . . Estamos buscando un buen catcher.

—¿En serio? —dijo mi padre.

—Vamos a seguir muy de cerca a su hijo, en caso de que esté interesado.

El hombre resopló profundamente, un sonido húmedo y fuerte. Después sacó un pañuelo y se sonó la nariz.

—El problema— dijo mi padre— es que Pittsburgh ha tomado la delantera. Están siguiéndolo desde hace un buen rato.

—¿En serio? —dijo el hombre.

෩ POR SUPUESTO, TODO esto era nuevo para mí, y apenas el hombre se fue acribillé a mi padre con preguntas. ¿Qué estaba ocurriendo? ¿Era este hombre quien aseguraba ser? ¿Realmente estaban los de Pittsburgh interesados en mí?

—¿Y qué pasa si lo están? —me respondió—. No cambia en nada lo que tú tienes que hacer, Chick: permanecer en tu puesto, trabajar duro con tus entrenadores y estar listo para cuando te llegue la oportunidad. Deja que yo me encargue de lo demás.

Asentí sin abrir la boca, obedientemente. Mi mente iba a toda velocidad.

—¿Qué hacemos con los estudios?

Mi padre se rascó el maxilar.

—¿Cómo qué hacemos? —dijo.

Entonces me asaltó la imagen de mi madre, llevándome por los pasillos de la biblioteca. Traté de no pensar en ello.

—Los *Caaardenales* de Saint Louis . . . —soltó mi padre, lentamente pero lleno de admiración, y luego hundió un zapato en el césped. Yo estaba tan orgulloso que se me puso la piel de gallina. Mi padre me preguntó si deseaba una cerveza. Le dije que sí y nos fuimos a beber juntos, como suelen hacer los hombres.

✎ —PAPÁ VINO A verme jugar.

Me encontraba en un teléfono público de la universidad. Ya había pasado largo rato desde la primera visita de mi padre, pero me había costado mucho reunir el valor necesario para decírselo.

—Ah . . . —soltó mi madre finalmente.

—Solo y por decisión propia—añadí de inmediato. Por alguna razón, este detalle me resultaba importante.

—¿Se lo dijiste a tu hermana?

—No.

Otro largo silencio.

—No dejes que nada ni nadie perturbe tus estudios, Charley.

—No lo haré.

—No hay nada más importante.

—Lo sé.

—Una buena educación lo es todo, Charley. Y educarse significa ser alguien.

Me quedé aguardando algo más. Me quedé aguardando alguna horrible anécdota sobre algún horrible hecho. Me quedé aguardando, como lo hacen todos los hijos de padres divorciados, que el menor gesto me hiciera tomar partido por una u otra parte. Pero mi madre nunca accedió a explicarme los motivos de la partida de mi padre. Nunca mordió el anzuelo que Roberta y yo le solíamos tender, en busca de alguna manifestación de odio o de amargura. Ella tan sólo guardaba silencio. Escamoteaba las palabras, eludía la conversación. Lo que había ocurrido entre ellos, también eso lo guardaba fuera de nuestro alcance.

—¿Está bien que yo y papá nos veamos?

—Papá y yo —me corrigió.

—Papá y yo —repetí, exasperado—. ¿Está bien? Respiró hondo.

—Ya no eres un niñito, Charley.

¿Por qué, entonces, me sentía como si lo fuese aún?

MIRANDO ATRÁS, HAY tantas cosas que no supe. No supe cómo mi madre tomó esa noticia. No supe si aquello la enfadó o la atemorizó. Mucho menos supe que, mientras yo tomaba cervezas con mi padre, las cuentas de nuestra familia eran saldadas, en gran parte, gracias a que mi madre limpiaba casas junto con una mujer que alguna vez había aseado la nuestra.

Ahora, muchos años después, me hallaba en presencia de ambas. La señorita Thelma seguía recostada boca arriba, la cabeza apoyada sobre la almohada, en tanto mi madre la maquillaba con ayuda de sus esponjas y sus delineadores.

—¿Por qué no me lo contaste? —le pregunté.

—¿Contarte qué? —dijo mi madre.

—Que para ganar dinero tuviste que . . . bueno, ya sabes . . .

—¿Fregar pisos? ¿Lavar ropa? —rió entre dientes—. No lo sé. Tal vez para que no me mirases como lo estás haciendo en este momento —agregó y soltó un suspiro—. Siempre fuiste tan orgulloso, Charley.

—¡No es verdad!—exclamé de forma cortante.

Mi madre alzó las cejas y después volvió a ocuparse de la señorita Thelma.

—Si así lo dices —murmuró.

—¡Por favor, no hagas eso!—protesté.

—¿Qué cosa?

—Eso de «si así los dices».

—Yo no dije nada, Charley.

—¡Sí que lo dijiste!

—No me grites.

—¡Yo no era orgulloso! Sólo porque . . .

Mi voz se quebró de pronto. ¿Qué diablos estaba haciendo? Unas horas con mi madre muerta y ya estábamos de nuevo discutiendo.

—No hay por qué avergonzarse cuando uno necesita un empleo, Chick —dijo la señorita Thelma—. El único trabajo que sé hacer es el que hice toda mi vida. Tu madre me preguntó: «¿Qué tal si yo también lo hiciese?». Le dije: «Posey, ¿quieres hacerle la limpieza a otra persona?». Y ella me respondió: «Thelma, si a ti no te afecta tener que limpiar una casa, ¿por qué me afectaría a yo?». ¿Te acuerdas, Posey?

Mi madre suspiró.

—Yo no dije «me afectaría a yo».

La señorita Thelma soltó una carcajada.

—No, es verdad. Claro que no dijiste eso . . .

Ahora se reían las dos, mientras mi madre trataba de aplicar algún producto bajo los ojos de Thelma.

—Quédate quieta —le dijo, pero ninguna de las dos podía parar de reírse.

❧ —OPINO QUE MAMÁ debería volver a casarse —dijo Roberta.

Esto ocurrió otra vez que llamé por teléfono desde la universidad.

—¿Qué estás diciendo?

—Todavía es hermosa. Pero nadie es hermoso para siempre. Ella, por ejemplo, ya no se ve tan delgada como antes.

—Mamá no quiere volver a casarse.

—¿Cómo lo sabes?

—Mamá no necesita volver a casarse, Roberta. ¿De acuerdo?

—Si no consigue cuanto antes un marido, nadie va a quererla después.

—Ya basta.

—Desde hace poco tiempo usa una faja, Charley. Yo la vi.

—No me interesa, Roberta. ¡Por Dios!

—Te crees muy listo porque vas a la universidad.

—Ya basta.

—¿Has oído esa canción «Yummy, yummy, yummy»? Me parece tan estúpida. ¿Por qué será que la pasan todo el rato por la radio?

—¿Mamá te estuvo hablando de casarse?

—Puede ser . . .

—Roberta, ¡no estoy jugando! ¿Qué te dijo?

—No me dijo nada. ¿De acuerdo? Pero quién sabe dónde diablos anda papá. Y mamá no puede estar todo el tiempo sola, qué mierda.

—No digas palabrotas.

—Digo lo que se me antoja, Charley. No eres mi jefe.

En esa época ella tenía quince años. Yo tenía veinte. Ella no sabía nada acerca de mi padre. Yo lo veía, hablaba con él. Mi hermana quería que mi madre fuera feliz. Yo no quería que nada cambiase. Habían pasado nueve años desde aquella mañana de domingo en la que mi madre había reducido a polvo los hojuelas de maíz dentro de la palma de su mano. Nueve años desde que no éramos más una familia.

En la universidad tomaba clases de latín, y un día estudiamos la palabra «divorcio». Yo siempre había supuesto que provenía de algún vocablo que significa «dividir». En realidad, proviene de *divertere*, que quiere decir «cambiar de objetivo».

Estoy convencido de eso. Todo divorcio te hace cambiar
de dirección, te arranca de cuanto conocías, de cuanto creías
que te gustaba, hasta involucrarte en otros asuntos, ociosos
en su mayoría, por ejemplo discutir si tu madre usa faja o si
acaso debería volver a casarse.

Chick toma una decisión

HUBO DOS DÍAS en la universidad de los cuales quiero hablarte porque marcaron, respectivamente, lo mejor y lo peor de aquella experiencia. Lo mejor ocurrió en mi segundo año, durante el primer semestre. El béisbol no había comenzado aún, por lo tanto tenía tiempo de vagar por el campus y de hacer amigos. Un jueves por la noche, tras los exámenes parciales, una de las asociaciones de estudiantes dio una gran fiesta. Todo estaba oscuro y lleno de gente. La música sonaba a todo volumen. Las luces negras hacían que los pósters en las paredes —y que todas las personas en la fiesta— parecieran fosforescentes. Reíamos a viva voz y brindábamos con cerveza en vasos de plástico.

En algún momento, un muchacho de pelo muy largo se subió a una silla y, mientras sonaba una canción de Jefferson Airplane, se puso a hacer mímica como si cantase y tocase la guitarra. Hubo aplausos y, enseguida, se organizó un concurso. Todos fuimos entonces a revolver los discos de vinilo en busca de una canción.

En fin, no sé quién era el dueño de esos discos, pero entre ellos encontré algo inesperado y les grité a mis amigos: «¡Eh, miren esto!». Era el álbum de Bobby Darin que mi madre solía poner cuando Roberta y yo éramos pequeños. El propio Darin aparecía en cubierta, vistiendo un esmoquin blanco y con el pelo increíblemente corto y pulcro.

—¡Conozco esta canción! —dije— ¡Me sé la letra!

—No te creo —desafió alguien.

—Pongamos el disco —dijo otro— , a ver si es cierto.

Nos acercamos al tocadiscos, apoyamos la aguja en el surco de «Esto podría ser el inicio de algo extraordinario», y apenas empezó a sonar la canción todo el mundo se quedó helado, porque claramente no era una canción de rock and roll. De pronto mis dos amigos advirtieron que me aprestaba a ser el centro de atención. Se miraron entre sí, ruborizados, y me señalaron al tiempo que daban un paso al costado, desentendiéndose de la situación. Pero me sentía tan confiado que pensé «qué más da». Y mientras las trompetas y los clarinetes tronaban desde los parlantes, a mi boca vinieron unas palabras que sabía de memoria:

Vas paseando por la calle o estás en alguna fiesta
Te encuentras solo pero de pronto
Estás contemplando los ojos de alguien
Y presientes: esto podría ser el inicio de algo extraordinario

Me puse a chasquear los dedos, como en el show de Steve Allen, y de repente todo el mundo estaba riendo y gritándome: «¡Sí, eso, vamos, continúa!». Me fui animando a hacer más y más el ridículo. Nadie podía creer, calculo, que me supiese la letra de una canción tan espantosa y tan pasada de moda.

En todo caso, cuando terminé, recibí una enorme ovación y mis amigos intentaron levantarme en andas, y empezamos a darnos empujones unos a otros, riendo y soltando alguna que otra palabrota.

Aquella fue la noche en que conocí a Catherine. Y eso fue lo mejor de todo. Ella había presenciado mi «actuación», al igual que sus amigas. Apenas la vi, temblé, y seguí temblando mientras agitaba los brazos y movía la boca como si cantara. Llevaba puesta una blusa de algodón rosada y unos jeans ceñidos. Había pintado sus labios de rojo y había chasqueado los dedos mientras yo imitaba a Bobby Darin. Hasta el día de hoy, dudo que hubiese reparado en mí de no ser porque estaba haciendo ese papel tan ridículo.

—¿Dónde aprendiste esta canción? —me preguntó, tras abordarme mientras me servía una cerveza.

—Mi mamá —le respondí.

Me sentí un perfecto idiota. ¿Quién empieza un diálogo de esa índole con las palabras «mi mamá»? Pero eso pareció gustarle y una cosa llevó a otra y, en fin, nos fuimos juntos de la fiesta.

Al día siguiente obtuve mis calificaciones y eran buenas: dos A y dos B. Llamé al salón de belleza, pedí hablar con mi madre y ella vino a atender. Le conté de los resultados, le conté de Catherine y de la canción de Bobby Darin, y pareció alegrarse de que la hubiese llamado durante el día. Entre el rumor de los secadores de pelo, me gritó:

—¡Charley, estoy tan orgullosa de ti!

Eso fue lo mejor.

Un año después dejé la universidad.

Eso fue lo peor.

∞ DEJÉ LA UNIVERSIDAD y fui a jugar en una liga menor de béisbol, para beneplácito de mi padre y para la inmensa frustración de mi madre. Me habían ofrecido un puesto en los Piratas de Pittsburgh. Jugaría a prueba durante el invierno y, con un poco de suerte, me incorporaría más tarde de forma definitiva. Mi padre sostenía que era el momento ideal para dar semejante paso. «Ya no aprenderás nada nuevo si sigues jugando en la liga universitaria», me dijo.

En cuanto le comenté la idea a mi madre, exclamó: «¡No, en absoluto!». Poco le importó que el béisbol fuera a proporcionarme dinero. Poco le importó que los cazatalentos creyeran que yo tenía potencial, tal vez el necesario para llegar a las grandes ligas. «¡No, en absoluto!», fueron sus palabras.

Pero no le presté atención.

Fui a la secretaría, anuncié que me iba, empaqué y partí. Muchos de los jóvenes de mi edad que no eran estudiantes estaban siendo enviados a Vietnam. El azar o el destino quisieron que me sacara un número bajo en la lotería militar.

A mi padre, un veterano de la guerra, esto pareció aliviarlo. «No necesitas pasar por los sinsabores que trae una guerra», me dijo.

Así que, en vez de ir a la guerra, acaté sus órdenes y me incorporé a un pequeño equipo en San Juan de Puerto Rico. De esta manera se acabaron mis días como estudiante. ¿Qué más puedo decir? ¿Lo que me seducía del béisbol era el juego o la aprobación de mi padre? Ambas cosas, pienso yo. En cualquier caso, revivía los lejanos tiempos de la escuela primaria, antes de que todo tomara otro curso, antes de que empezase mi vida como niño de mamá.

Recuerdo haber llamado a mi madre del motel en San Juan. Volé hasta allí directamente desde la universidad. Era la primera vez que subía a un avión. No quise pasar por casa porque sabía que ella armaría un escándalo.

—Una llamada de su hijo, cobro revertido —dijo el operador con acento español.

Cuando mi madre comprendió lo que ocurría, no pudo articular palabra. De a poco su voz resurgió, sin fuerzas. Quiso saber qué ropa había llevado. Me preguntó si estaba comiendo bien. Era como si me leyese un cuestionario escrito de antemano.

—¿Es seguro el sitio donde estás viviendo?

—¿Seguro? Sí, eso creo.

—¿A quién conoces allí?

—A nadie. Pero hay varios muchachos en el equipo.

Tengo un compañero de cuarto. Es de Indiana o de Iowa. Algo así.

—Bien.

Silencio.

—Mamá, siempre podré retomar los estudios.

Esta vez el silencio fue más largo. Antes de que cortásemos, ella se limitó a decir:

—Retomar algo es mucho más difícil de lo que crees.

Dudo que, de habérmelo propuesto, hubiese podido romper más el corazón de mi madre.

Trabajo pendiente

LA SEÑORITA THELMA había cerrado los ojos y reclinado la cabeza. Mi madre había recomenzado la sesión de maquillaje e iba pasando la esponja por el rostro de su ex compañera de trabajo. Yo observaba la escena con emociones encontradas. Siempre pensé que lo importante es la profesión que aparece tras tu nombre: Chick Benetto, *jugador profesional de béisbol*, y no Chick Benetto, *vendedor*. Ahora acababa de enteraime de que además de Posey Benetto, *enfermera*, y Posey Benetto, *experta en belleza*, había existido también Posey Benetto, *empleada doméstica*. Me enojaba saber que ella hubiese caído tan bajo.

—Mamá . . . —le dije—. ¿Por qué no te limitaste a pedirle dinero a papá?

Mi madre apretó los dientes.

—No necesitaba nada más de tu padre.

—Mmm —acotó la señorita Thelma.

—Nos las arreglamos bien, Charley.

—Mmm, claro que sí.

—¿Por qué no volvíste al hospital? —dije.

—No me querían más allí.

—¿Por qué no luchaste por defender tu puesto?

—¿Eso te habría hecho más feliz? —suspiró—. Las cosas no eran como hoy, que la gente hace un juicio por el menor incidente. Era el único hospital de la zona. No podíamos irnos del pueblo. Este era nuestro hogar. Tú y tu hermana ya habían tenido que pasar por demasiados cambios. No estuvo tan mal. Necesitaba un trabajo y lo conseguí.

—Limpiando casas —refunfuñé.

Mi madre dejó caer las manos.

—No me avergüenzo de eso tanto como tú.

—Pero... —llegué a decir, tartamudeando—. No pudiste hacer un trabajo que te importara.

Mi madre me miró con expresión desafiante.

—Hice lo que me importaba a mí —dijo—. Antes que nada era una madre.

ॐ TRAS ESO, NOS quedamos en silencio. Hasta que por fin la señorita Thelma abrió los ojos.

—¿Y tú qué cuentas, Chickorocó? —preguntó—. ¿Sigues jugando al béisbol?

Hice que no con la cabeza.

—No, por supuesto que no —dijo—. El béisbol es cosa de jóvenes. Pero tú siempre serás un niño para mí, siempre tan serio con ese guante en la mano.

—Ahora Charley tiene una familia —dijo mi madre.

—¿Es cierto?

—Y tiene un buen trabajo.

—Magnífico —afirmó Thelma, reclinando nuevamente la cabeza—. Entonces te está yendo muy bien, Chickorocó. Muy bien.

Pero ambas se equivocaban. No me iba nada bien.

—Detesto mi trabajo —dije.

—Bueno . . . —dijo Thelma, alzando los hombros—. Eso suele ocurrir. Sin embargo no puede ser peor que asear baños, ¿no es así? Uno hace lo imposible por el bien de su familia. ¿No es verdad, Posey?

Vi como terminaban con su rutina. Pensé cuántos años habría consagrado la señorita Thelma a pasar la aspiradora o a limpiar bañeras, todo con tal de alimentar a sus hijos; cuántos champúes y cuántas tinturas habría aplicado mi madre con tal de alimentarnos a nosotros. ¿Y yo? Había jugado profesionalmente al béisbol durante diez años, y hubiese querido hacerlo durante veinte. De repente me sentía muy avergonzado.

—¿Qué tiene de malo tu trabajo, a ver? —preguntó Thelma.

En mi mente aparecieron la oficina de ventas, los escritorios de metal, las débiles luces de neón.

—Nunca quise ser una persona ordinaria —murmuré.

Mi madre me observó con atención.

—¿Qué es una persona ordinaria, Charley?

—Ya sabes: una persona que los demás van a olvidar.

De la habitación vecina llegaron unos gritos infantiles.

La señorita Thelma giró la cabeza, atraída por el ruido, y sonrió.

—Eso es lo que impide que a mí me olviden.

Después volvió a cerrar los ojos para que mi madre pudiera maquillarla.

—Un poco más, Posey—murmuró— y estaré bien.

—No cuidé lo suficiente a mi familia . . . —empecé a decir.

Llevándose un dedo a la boca, mi madre me pidió silencio.

A mí querido Charley en el día de su boda:

Sé que opinas que estas cartas son inútiles y absurdas. Durante años te he visto fruncir la cara cada vez que te doy una. Pero debes entender que a veces necesito decirte algo y expresarme claramente. Poner las cosas por escrito me ayuda. Desearía escribir mejor. Desearía haber ido a la universidad. De haberlo hecho, habría estudiado gramática y quizá mi vocabulario se habría ampliado. Tantas veces siento que no hago más que usar las mismas palabras de siempre, como una mujer que se pone todos los días un mismo vestido. Qué aburrido.

Lo que intento decirte, Charley, es que vas a casarte con una chica maravillosa. Siento por Catherine casi lo mismo que siento por Roberta. Como si fuese una hija. Catherine es dulce y paciente. Espero que tú lo seas con ella.

Si algo vas a descubrir acerca del

matrimonio, es que deberán trabajar codo a codo para que funcione. Y que ambos tendrán que *amar* tres cosas:

1) Amarse uno al otro.

2) Amar a sus hijos (cuando los tengan . . .).

3) Amar su matrimonio.

Lo que quiero decir con esto último es que habrá momentos en que discutirán o pelearán entre ustedes, momentos en que llegarán a no quererse. En esos momentos tendrán que amar su matrimonio. Es como una tercera entidad. Mira, entonces, tus fotos de boda. Revisa tus recuerdos. Y si realmente crees en ellos, eso te ayudará.

Hoy me siento muy orgullosa de ti, Charley. Pondré esta nota en un bolsillo de tu esmoquin porque sé que sueles perder las cosas.

¡Te amo cada día un poco más!

Mamá

(de los papeles personales de Chick Benetto, circa 1974)

En la cima

TODAVÍA NO TE he contado lo mejor y lo peor que me tocó vivir profesionalmente. Llegué a la cima en materia de béisbol: hablo de la Serie Mundial. Tenía tan sólo veintitrés años. Un jugador de los Piratas se partió el tobillo a comienzos de septiembre y hacía falta un reemplazante, entonces me llamaron. Aún recuerdo el día en que entré en ese vestuario alfombrado. No podía creer cuán grande era. Llamé a Catherine desde un teléfono público (llevábamos seis meses de casados) y me la pasé repitiéndole "esto es increíble".

Un par de semanas después, los Piratas clasificaron. Decir que tuve algo que ver, sería mentir: el equipo ya iba primero cuando llegué. Fui cátcher durante cuatro *innings* en un juego de los *playoffs*, y en mi segundo turno al bate, envié la bola al extremo derecho del terreno de juego. La atraparon y tuve que salir en medio del encuentro, pero recuerdo haber pensado: «Esto es un buen comienzo, yo puedo pegarle a esa cosa».

No fue un buen comienzo. Al menos no para mí. Llegamos a la Serie Mundial, pero perdimos en cinco juegos contra los Orioles de Baltimore. El último encuentro fue una derrota de 5 a 0, y tras el útimo *out*, me ubiqué en los peldaños de la caseta y observe cómo los jugadores de Baltimore corrían de aquí para allá y celebraban la victoria mediante una montaña humana junto al montículo del lanzador. A ojos de los espectadores debían de parecer eufóricos, pero a mí me parecían más que nada aliviados, como si se quitaran de encima una enorme presión.

Nunca volví a ver esa expresión en un rostro humano, pero aún hoy sueño con ella. Y en mi sueño estoy yo en aquella montaña humana.

❧ SI LOS PIRATAS hubiésemos obtenido el campeonato, se habría organizado un desfile por las calles de Pittsburgh. En su defecto, dado que perdimos, terminamos en un bar de Baltimore cuyas puertas cerraron especialmente para nosotros. En esos días las derrotas debían lavarse con alcohol, y nosotros lavamos la nuestra de forma abundante. Como el novato que era, me limité a escuchar los rezongos de los veteranos. Bebí cuando había que beber. Maldije cuando los otros maldecían. Amanecía cuando salimos de aquel bar.

Tomamos un avión un par de horas después y dormimos unas siestas fruto de nuestra resaca. Unos taxis nos aguardaban, en fila, en el aeropuerto. Nos estrechamos las manos. Nos dijimos «hasta el año que viene». Las puertas de los taxis se fueron cerrando, una tras otra. Pum, pum, pum.

Al llegar el mes de marzo, durante un entrenamiento, me lastimé la rodilla. Corría con la intención de atrapar una bola cuando mi pie se torció, otro jugador tropezó y cayó sobre mí, y sentí un crujido como jamás había sentido. El médico me dijo que me había desgarrado el ligamento anterior, el posterior e incluso el medio: la santísima trinidad de las lesiones de rodilla.

Pasado un tiempo, me repuse. Volví al béisbol. Pero en los seis años siguientes, por mucho que me esforcé, nunca volví a jugar en las grandes ligas. De nada me sirvió pensar que estaba haciendo bien las cosas. Fue como si la magia hubiese desaparecido. La única prueba que quedaba de mi paso por las grandes ligas era una caja con recortes periodísticos de 1973 y una credencial, la mía, con una foto en que aparezco, bate en mano, mirando muy serio a la cámara y, debajo, mi nombre y mi apellido en letras mayúsculas. El equipo me entregó un par de estas credenciales. Le di una a mi padre y conservé la otra.

A un paso fugaz por un equipo de béisbol se le dice «una taza de café». Y ese fue mi caso, salvo que pude tomarme el café en la mejor mesa del mejor sitio de la ciudad.

Lo cual, desde luego, tuvo su aspecto bueno y su aspecto malo.

⚭ A DECIR VERDAD, me sentí más vivo esos seis meses que pasé con los Piratas que nunca antes o después. Las luces del estadio me habían hecho sentir inmortal. Extrañaba aquel vestuario inmenso y alfombrado. Extrañaba caminar por los aeropuertos con mis compañeros de equipo, bajo las miradas de los aficionados. Extrañaba las multitudes, el resplandor de los flashes, el rugido del público, todo ese clima majestuoso. Lo extrañaba con amargura. Y mi padre también lo extrañaba. Ambos teníamos en común el mismo anhelo de volver; un anhelo inconfesado e innegable.

De modo que me aferré al béisbol cuando tendría que haberlo abandonado. Fui de liga menor en liga menor, con las ilusiones intactas (como suele ocurrirles a los deportistas) de que yo sería el primero en desafiar con éxito el proceso de envejecimiento. Arrastré conmigo a Catherine, de punta a punta del país. Vivimos en Portland, Jacksonville, Albuquerque, Fayetteville y Omaha. Durante su embarazo tuvo tres médicos diferentes.

Al final, María nació en Pawtucket, Rhode Island, dos horas antes de un juego que convocó a no más de ochenta espectadores hasta que la lluvia los dispersó. Tuve que esperar un taxi para ir al hospital. Terminé casi tan mojado como mi hija cuando llegó al mundo.

Dejé el béisbol no mucho después.

Y nada de lo que hice a continuación me deparó igual placer. Intenté montar mi propio negocio, pero no conseguí más que perder dinero. Traté de encontrar algún trabajo como entrenador, pero no hallé ninguno. Al final, un sujeto me ofreció un empleo como vendedor. Su empresa fabricaba envases plásticos para alimentos y medicamentos, y acepté. La tarea era muy aburrida. Las horas se hacían tediosas. Peor aún, sólo me dieron el puesto porque creyeron que podría contarles historias del mundo del béisbol y hasta cerrar quizás algunos negocios gracias a eso.

Es cómico. Un día conocí a un hombre que acostumbraba practicar montañismo. Le pregunté qué era peor: el ascenso o el descenso. Me respondió, sin dudar un solo instante, que lo peor era descender, porque al ascender uno está tan pendiente de alcanzar la cima que elude todos los errores.

—Escalar una montaña es una pelea contra la naturaleza humana —dijo—. Debes cuidarte al bajar tanto como lo hiciste al subir.

Podría pasarme horas enteras hablando de mi vida después del béisbol. Pero esta imagen la sintetiza muy bien.

NO FUE NINGUNA sorpresa que mi padre se eclipsara a la vez que mi carrera deportiva. Vino un par de veces, es cierto, a ver a la bebita. Pero su nieta no lo fascinó tanto como yo esperaba. A medida que pasaba el tiempo teníamos cada vez menos temas de conversación. Vendió su tienda de licores y compró algunas acciones de una empresa distribuidora, las que pagaban sus gastos sin requerirle una atención extremada. Es curioso: aun cuando yo buscaba trabajo, él no me ofreció ninguno. Tras dedicar tanto tiempo a moldearme para que fuese diferente, ahora no me permitía ser como él.

El béisbol era nuestro universo en común, y sin él nos habríamos distanciado como dos barcos a la deriva. Mi padre compró una casa en los suburbios de Pittsburgh, se hizo socio de un club de golf, desarrolló una forma ligera de diabetes y tuvo que vigilar su dieta y aplicarse las inyecciones él mismo.

Con la misma falta de esfuerzo con que había reaparecido en mis tiempos de estudiante universitario, de igual manera mi padre volvió a hundirse en la bruma, salvo un ocasional llamado telefónico, o la puntual tarjeta navideña.

Querrás saber si en alguna ocasión me explicó lo sucedido entre mi madre y él. Nunca lo hizo. Tan sólo decía, cada tanto, «las cosas no funcionaron entre nosotros». Y, si le tiraba un poco de la lengua, solía agregar «tú no puedes entenderlo». Lo peor que alcanzó a decir sobre mi madre fue que era «una cabeza dura».

Parecía que ambos habían suscrito un pacto de silencio, para no hablarnos jamás de las causas de su divorcio. Yo los interrogué a ambos sobre estas causas, pero sólo fue mi padre quien bajaba los ojos al responderme.

Fin de la segunda visita

—POSEY —SUSPIRÓ LA señorita Thelma—. Voy a ver a mis nietos un rato.

A esta altura ella se veía mucho mejor que cuando había tocado el timbre de la casa de mi madre. Ahora su tez parecía suave; sus ojos y sus labios estaban bien maquillados. Mi madre había recogido su pelo, y por primera vez noté que Thelma era una mujer de cierto atractivo, tal vez de gran belleza en su juventud.

Mi madre la besó en la mejilla, después cerró su cartera y me pidió que la siguiese. Salimos a un pasillo donde una niña pequeña, con trenzas en el cabello, se nos aproximó arrastrando los pies.

—¿Abuela? —dijo—. ¿Estás despierta?

Retrocedí pero la niña siguió de largo, sin mirarnos en ningún momento. La seguía un niñito —¿su hermano?— que, apenas llegó a la puerta, se metió un dedo en la boca. Aagité una mano delante de su cara, a modo de saludo. Nada. Sin dudas éramos invisibles para ellos.

—Mamá —tartamudeé— ¿Qué está pasando?

Ella no me respondió, pendiente de la señorita Thelma y

de la nieta, ahora instalada en la cama. Jugaban a cierto juego infantil. Mi madre tenía los ojos llorosos.

—¿La señorita Thelma está también a punto de morir?

—Muy pronto —dijo mi madre.

Me planté delante de ella.

—Mamá, explícame qué pasa por favor ...

—Ella me llamó, Charley.

Ambos giramos y contemplamos la cama.

—¿Te refieres a la señorita Thelma? ¿Ella te pidió que vinieras?

—No, mi vida. Aparecí en su mente, eso es todo. Fui parte de uno de sus pensamientos. Deseó tenerme a su lado, que la ayudara a verse hermosa y no enferma. Por eso mismo estoy aquí.

—¿Parte de sus pensamientos? No comprendo —murmuré tras clavar la vista en el suelo.

Mi madre se acercó un poco más y habló con mayor suavidad:

—¿Nunca has soñado con alguien que ya no está en este mundo, Charley, y en el sueño mantienes con esta persona un diálogo completamente nuevo? El mundo en el que ingresas en esos casos no está tan lejos del que habitas en el presente —dijo, poniendo una mano sobre la mía—. Los que ocupan tu corazón nunca desaparecen del todo, sino que suelen regresar, incluso en los momentos más impensados.

Siempre en la cama, la niñita jugaba con el pelo de la señorita Thelma; ésta sonrió y después nos contempló.

—¿Te acuerdas, por casualidad, de la vieja Golinski?—dijo mi madre.

Me acordaba. Una paciente en el hospital. Enfermedad terminal. Estaba muriéndose. Pero acostumbraba hablarle todos los días a mi madre de la gente que iba a «visitarla». Gente que formaba parte de su pasado y con la que ella conversaba y se reía. Mi madre nos contó esto una noche en medio de la cena. Nos dijo que había espiado en la habitación y visto que la vieja Golinski, con los ojos cerrados, sonreía y murmuraba inmersa en algún diálogo invisible. Mi padre dijo en su momento que Golinski estaba «loca». Una semana más tarde, estaba muerta.

—Ahora sé que no estaba loca.

—Entonces la señorita Thelma está . . .

—Cerca —dijo mi madre y frunció los ojos—. Cuanto más se aproxima uno a la muerte, más fácil se hace hablarle a los muertos.

Sentí un escalofrío de la cabeza a los pies.

—Esto quiere decir que yo . . .

Iba a pronunciar «he muerto». Iba a pronunciar «me he ido».

—Que tú eres mi hijo —susurró—. Eso es lo que eres.

Se me hizo un nudo en la garganta.

—¿Cuánto tiempo me queda?

—Un poco —dijo.

—¿No mucho?

—¿Qué es mucho?

—No lo sé, mamá. ¿Estaré siempre contigo o te irás de repente?

—En unos minutos vas a ver algo importante.

De pronto, todos los vidrios en la casa de la señorita Thelma explotaron: ventanas, espejos, pantallas de TV. Las astillas volaban alrededor de nosotros, parados en el vórtice de un huracán. Y entonces se oyó una voz atronadora:

—¡CHARLES BENETTO! ¡SÉ QUE PUEDES ESCUCHAR-ME! ¡RESPONDE!

—¿Qué debo hacer? —exclamé.

Mi madre cerró los ojos con toda calma, mientras los pequeños vidrios se arremolinaban a su alrededor.

—Debes decidirlo tú, Charley —me respondió.

IV. Noche

La luz del sol

«UNA VEZ QUE el paraíso haya terminado sus asuntos con la abuela, nos gustaría que nos la enviasen de regreso, muchas gracias», escribió mi hija en el libro de condolencias, tras el funeral de mi madre. Una frase pretenciosa e ilógica, típica de los adolescentes. Pero ahora que veía a mi madre de nuevo, ahora que la oía explicar cómo funcionaba el «mundo muerto» y cómo era convocada por las personas que pensaban en ella, me dije que tal vez María había tenido razón al escribir aquella frase.

La tormenta de vidrio en casa de Thelma había amainado. Tuve que cerrar los ojos para que se detuviese. Algunas astillas de vidrio se habían clavado en mi piel, así que traté de extraerlas, pero hasta eso exigía un esfuerzo considerable. Me sentía más y más débil, y el día compartido con mi madre iba perdiendo su brillo.

—¿Voy a morir? —pregunté.

—No lo sé, Charley. Sólo Dios lo sabe.

—¿Esto es el paraíso?

—Esto es Pepperville Beach, ¿ya te olvidaste?

—Si estoy muerto . . . si me muero . . . ¿me gano el premio de estar contigo?

—Ay —dijo con una gran sonrisa—, así que ahora quieres estar conmigo.

A lo mejor su respuesta te parezca un tanto fría. Pero estaba actuando como una madre, justamente: medio en broma, tal como habría actuado si hubiésemos compartido ese día antes de su muerte.

Tenía razón. Tantas veces había optado yo por *no* estar con ella. Muy ocupado. Muy cansado. Sin ganas. *¿La misa?* No, gracias. *¿Una cena?* Lo siento. *¿Una visita?* Imposible, no puedo, quizá la semana entrante.

Si uno cuenta las horas que podría haber pasado con su madre pero no lo hizo, el resultado casi equivale a una vida.

෴ AHORA MI MADRE me aferraba la mano. Tras dejar la casa de la señorita Thelma, caminamos y el paisaje fue cambiando y fuimos apareciendo, por un momento, en las vidas de ciertas personas. Reconocí a algunos viejos amigos suyos. Otros, que apenas conocía, eran hombres que antaño habían suspirado por ella: un carnicero llamado Armando, un consejero fiscal llamado Howard, un relojero de nariz chata llamado Gerhard. Mi madre apenas pasó un instante con cada uno de ellos, sonriéndoles o sentándose a su lado.

—Esto quiere decir que ellos, en este instante preciso, están pensando en ti —le dije.

—Así es —asintió.

—¿Acudes a cada lugar donde están pensando en ti?

—No —me explicó—. No a todos lados.

Nos acercamos a un hombre que miraba a través de una ventana. Y casi de inmediato a otro, yaciente en la cama de un hospital.

—Cuántos —dije.

—No son más que hombres, Charley. Hombres decentes. Muchos de ellos eran viudos.

—¿Saliste con alguno de ellos?

—No.

—Pero te invitaban a salir . . .

—Sí, muchas veces.

—¿Por qué los visitas ahora?

—Prerrogativas de las mujeres, supongo —dijo uniendo las manos y llevándolas a su nariz, hasta disimular una leve sonrisa—. Es muy hermoso saber que alguien todavía piensa en ti.

Me quedé estudiando su rostro. Su belleza siempre había sido innegable y lo continuaba siendo, aun cuando se acercaba a los ochenta años y había adquirido una elegancia más arrugada. Sus ojos tras sus lentes, su pelo —alguna vez negro azulado como la medianoche— era ahora gris, como un atardecer nublado. Todos esos hombres que acabábamos de visitar la habían visto, en su momento, como a una mujer. Yo nunca la había visto así. Nunca había visto a Pauline, como la llamaban sus padres, ni a Posey, como la llamaban sus amigos; tan sólo había visto a mamá, como la llamaba yo. Sólo la había visto sirviendo la comida, o llevándome en carro a jugar bolos con mis amigos.

—¿Por qué no te volvíste a casar? —le pregunté.

—Charley —me dijo y frunció los ojos—. ¡Por favor!

—Hablo en serio. Cuando nosotros ya éramos grandes, ¿no te sentiste sola?

Evitando mi mirada, respondió:

—Algunas veces. Pero luego tú y Roberta tuvieron hijos, y eso me hizo abuela, y tenía a mis amigas aquí . . . Los años pasan, Charley, ¿sabes?

De pronto se veía sonriente. Había olvidado la pequeña felicidad de oír a mi madre hablar de sí misma.

—La vida pasa muy deprisa, ¿no es cierto, Charley?

—Sí —murmuré.

—Qué vergüenza perder el tiempo. Siempre pensamos que nos sobra.

Pensé en los días en que me había consagrado a beber. En todas esas noches que no podía recordar. En las mañanas que había pasado durmiendo. Tanto tiempo dilapidado.

—Recuerdas . . . —empezó a decir, tras una risa—. ¿Recuerdas cuando te disfracé de momia para Halloween y comenzó a llover?

Clavé los ojos en el suelo. «Lo arruinaste todo».

Ya en ese entonces, me dije, le echaba la culpa a los demás.

———

ℤ —DEBERÍAS CENAR ALGO —me dijo.

En consecuencia volvimos a la cocina y nos sentamos otra vez en torno a la mesa redonda. Había pollo frito con arroz y berenjenas asadas, todo bien caliente, todo bien familiar, platos que había cocinado miles de veces para mi hermana y para mí. Pero a diferencia de lo atónito que había estado antes en la habitación, ahora me sentía agitado, desconcertado, como si supiera que algo malo estaba por ocurrir. Mi madre me observó, preocupada, y traté de desviar su atención.

—Cuéntame de tu familia —dije.

—Charley —respondió—. Ya te he contado esas cosas.

Mi cabeza parecía a punto de explotar.

—Cuéntamelo otra vez, por favor.

Y así lo hizo. Me habló acerca de sus padres, inmigrantes ambos, muertos antes de que yo naciera. Me contó acerca de sus dos tíos y acerca de su tía chiflada que se negaba a aprender inglés y aún creía en las maldiciones familiares. Me contó acerca de sus primos, Joe y Eddie, que vivían en la otra costa. Casi siempre había una anécdota pequeña que ilustraba a cada persona («le tenía un miedo mortal a los perros», «trató de incorporarse al ejército naval cuando tenía apenas quince años»). Ahora me parecía crucial retener cada detalle. En su tiempo, Roberta y yo poníamos los ojos en blanco cada vez que nuestra madre se despachaba con estas historias. No obstante, cuando años más tarde, al terminarse el funeral, María me hizo preguntas sobre mi familia —cuáles eran los

vínculos exactos, esa clase de cosas— yo no supe qué responder. No me acordaba de nada. Gran parte de nuestra historia acababa de ser enterrada allí, con mi madre. Uno no
debe permitir que el pasado se desvanezca de ese modo.

Esta vez, por lo tanto, escuché con atención mientras mi
madre iba por cada una de las ramas del árbol genealógico,
replegando un dedo tras cada persona evocada. Al final,
cuando terminó, unió las manos y entrelazó los dedos, a imagen de los diferentes personajes de nuestra familia.

—De todas formas —dijo, casi cantando—. Lo que
pasa es que . . .

—Te extrañé, mamá.

Las palabras brotaron de mi boca. Mi madre sonrió, aunque sin responder nada. Parecía estar rumiando la frase, so-
pesando mis intenciones, como quien extrae del agua una red
de pescar.

Entonces, mientras el sol se hundía en el horizonte de
este mundo extraño en el que estábamos, chasqueó la lengua
y me dijo:

—Todavía nos queda una cosa por hacer, Charley.

El día que deseaba revivir

DEBO RELATARTE AHORA la última vez que vi a mi madre viva, y lo que hicimos ella y yo.

Ocurrió hace ocho años, en la fiesta de su cumpleaños número setenta y nueve. Mi madre bromeaba que más valía que todo el mundo acudiera a su fiesta porque, a partir del años siguiente, «no le diré a nadie que es mi cumpleaños». Desde luego, había dicho lo mismo al cumplir sesenta y nueve, al cumplir cincuenta y nueve, y puede que incluso al cumplir veintinueve.

La fiesta consistió de una comida en su casa, un sábado por la tarde. Entre los invitados estaban mi mujer y mi hija; mi hermana Roberta y su esposo Elliot; sus tres hijos (la menor, Roxanne, de cinco años, llevaba todo el tiempo zapatillas de ballet); más unos veinte vecinos, incluyendo a esas ancianas cuya cabellera mi madre había lavado y cortado durante años. Muchas de estas mujeres andaban mal de salud; una llegó en silla de ruedas. Todas se veían, sin embargo, recién peinadas, el pelo cubierto con un casco de spray, y me pregunté si mi madre no habría organizado la fiesta de modo que las mujeres tuvieran un buen motivo para embellecerse.

—Quiero que la abuela me maquille —dijo María, apretando contra mí su cuerpo aún adolescente.

—¿Por qué? —le dije.

—Porque tengo ganas. Ella prometió que lo haría, si estás de acuerdo.

Miré a Catherine, que alzó los hombros. María se puso a darme unos golpecitos en el brazo.

—Por favor, por favor, por favor, por favor . . .

Ya he dicho cuán sombría fue mi vida tras el béisbol. Debo mencionar que María era la gran excepción. Ella me hacía muy feliz. Yo trataba de ser un padre decente. Trataba de prestar atención a las pequeñas cosas de la vida. Limpiaba las manchas de ketchup en su cara, después de que se hubiese comido las papas fritas. Me sentaba a su lado en el pequeño escritorio y, lápiz en mano, la ayudaba a resolver sus problemas de matemática. La envié de regreso a su dormitorio la vez que, con sólo once años, bajó las escaleras vistiendo una pequeña minifalda. Y estaba siempre dispuesto a arrojarle una bola o a llevarla a la YMCA donde ella aprendía a nadar, bastante feliz de que fuese una especie de marimacho.

Supe más tarde, cuando ya me había expulsado de su vida, que llegó a escribir de deportes para el periódico escolar. Y en esa mezcla de palabras y deportes me pareció advertir que mi madre y mi padre se hacían carne en mi hija, me gustara o no.

————

꿈 LA FIESTA DE cumpleaños proseguía. Los platos entrechocaban y la música sonaba. La habitación estaba llena de voces. Mi madre leía las tarjetas en voz alta como si fuesen telegramas enviados por dignatarios extranjeros; las leía todas, sin excepción, aun las baratas de color pastel y con dibujos de conejos («Me pongo a saltar de alegría al saber que es tu cumpleaños . . . »). Terminaba de leer una, la daba vuelta para que todos pudieran apreciarla y le enviaba al autor del texto un amplio beso por los aires: «¡Mmmmuá!».

En algún momento, después de las tarjetas pero antes del pastel y los regalos, sonó el teléfono. Solía sonar largo y tendido, porque mi madre nunca se apuraba en dejar lo que estaba haciendo. Terminaba de pasar la aspiradora por el último rincón o de limpiar la última ventana, como si nada ocurriese, hasta que al fin alguien más lo atendía.

Esta vez, como nadie atendía, lo hice yo.

Pero si pudiera vivir de nuevo, dejaría que sonase infinitamente.

꿈 —¿ALÓ? —EXCLAMÉ ENTRE el bullicio general.

Mi madre todavía tenía un teléfono de los antiguos. El cable medía unos seis metros de largo porque a ella le gustaba caminar por la casa mientras hablaba.

—¿Aló? —dije de nuevo y apreté el auricular contra mi oreja—. ¿A-looó?

Ya me disponía a cortar cuando oí que un hombre se aclaraba la garganta.

Entonces mi padre dijo:

—¿Chick? ¿Eres tú?

❧ AL PRINCIPIO NO respondí, azorado. Aunque el número telefónico de mi madre seguía siendo el mismo, me costaba creer que mi padre la estuviese llamando. Su partida de casa había sido tan abrupta y destructiva que oír su voz me causaba el efecto de ver a un hombre que sale con vida de un edificio en llamas.

—Sí, soy yo —susurré.

—Te he estado buscando. Llamé a tu casa y a la oficina. Se me ocurrió que tal vez podrías estar . . .

—Es el cumpleaños de mamá.

—Sí, claro —dijo.

—¿Querías hablar con ella?

Solté esa frase de forma precipitada. Me imaginé que mi padre ponía los ojos en blanco.

—Chick, estuve conversando con Pete Garner.

—Pete Garner . . .

—De los Piratas.

—¿Sí?

Siempre con el teléfono a cuestas, me alejé de los invitados. Dos mujeres, sentadas en el sofá, comían ensalada de atún en unos platos de cartón.

—Organizan un match de béisbol entre veteranos . . . El «Juego de las viejas glorias», o algo así—dijo mi padre—. Y Pete me dijo que Freddie González no será de la partida, porque tuvo algún problema con sus papeles.

—No entiendo para qué . . .

—No hay tiempo de llamar a algún reemplazante. Entonces le dije a Pete: «Recuerda que Chick está disponible».

—Yo no estoy disponible, papá.

—Claro que sí. Además, él no sabe en qué andas.

—¿Un encuentro de veteranos?

—Así que me dijo: «¿En serio? ¿Chick?». Y yo le respondí: «Por supuesto. Y está en muy buena forma, por cierto . . . »

—Papá . . .

—Entonces Pete me dijo . . .

—Papá . . .

Yo sabía perfectamente cuáles eran sus intenciones. Lo supe de inmediato. Mi padre era la única persona a la que le había costado más que a mí aceptar el final de mi carrera en el béisbol.

—Pete dice que va a ponerte en la lista de los jugadores. Lo único que tienes que hacer es . . .

—Papá, yo sólo jugué . . .

— . . . venir aquí.

— . . . seis semanas en las ligas mayores.

—Tienes que estar alrededor de las diez de la mañana.

—Yo sólo jugué . . .

—Y entonces . . .

—No pueden incluir entre las viejas glorias a un . . .

—¿Cuál es tu problema, Chick?

Siempre he odiado esa pregunta: *¿Cuál es tu problema?* No hay ninguna buena respuesta, excepto «yo no tengo ningún problema». Lo que sin duda no era cierto, en este caso.

Suspiré y le pregunté:

—¿Dijeron que me pondrán en la lista de los jugadores?

—Eso mismo acabo de decirte.

—¿Para que juegue?

—¿Estás sordo? Es lo que te estoy diciendo.

—¿Y cuándo es esto?

—Mañana. Los de la organización van a . . .

—¿Mañana, papá?

—Mañana, sí. ¿Qué te ocurre?

—Ya son casi las tres . . .

—Cuando estés en la caseta te cruzarás con todos ellos y podrás arrancarles una charla.

—¿Me cruzaré con todos ellos? ¿Ellos, quiénes?

—Cualquiera de ellos. Anderson. Molina. Mike Junez, el entrenador, el tipo pelado, ¿recuerdas? Les dirás que es un honor encontrártelos. Seguirás conversando y, en fin, nunca se sabe.

—¿A qué te refieres?

—Ya sabes . . . Siempre puede surgir algo. Un puesto como entrenador. O como instructor de bateadores. Algo con las ligas menores. Se trata de poner un pie del otro lado del umbral . . .

—Y ellos por qué querrían . . .

—Así es como estas cosas . . .

—No he jugado al béisbol desde. . . .

— . . . funcionan, así es como funcionan, Chick. Pones un pie del otro lado del umbral . . .

—Pero yo . . .

—Se trata de conocer a alguien para obtener esos puestos de trabajo . . .

—Papá, yo ya *tengo* un empleo.

Silencio. Mi padre podía lastimarte con uno de sus silencios más que ninguna otra persona que yo haya conocido.

—Oye —dijo por fin, resoplando—. Me he esforzado mucho para conseguirte esta oportunidad. ¿Te interesa o no?

Su voz había cambiado. Seguramente encolerizado, estaba cerrando los puños. Pensé que mi padre había negado mi vida de entonces casi tanto como yo. Este pensamiento me hizo retroceder, y al hacerlo, por supuesto, la pelea estuvo perdida de antemano.

—Vendrás aquí, ¿de acuerdo? —dijo.

—Es el cumpleaños de mamá.

—Su cumpleaños es hoy. No mañana.

ॐ AHORA QUE EVOCO esa conversación, hay muchas cosas que lamento no haberle preguntado a mi padre. ¿Le importaba que su ex mujer estuviese festejando su cumpleaños? ¿Le interesaba saber cómo se sentía ella, quién más estaba allí, cómo lucía la casa? ¿Quería saber si ella pensaba algunas veces en él? ¿Si pensaba bien? ¿O mal? ¿O si no pensaba en absoluto?

Me habría gustado preguntarle tantas cosas. En su defecto, dije que lo llamaría. Y colgué, dejando pasar la oportunidad.

Pensé en todo eso mientras mi madre cortaba su pastel de cumpleaños y servía cada porción en un plato de cartón. Pensé en eso mientras abría sus regalos. Pensé en eso mientras Catherine, María y yo posábamos junto a ella para una foto —los ojos de María, maquillados con una sombra color violeta—, y la mejor amiga de mi madre, Edith, sostenía la cámara diciendo: «Uno, dos . . . Ay, aguarden, esta máquina . . . Nunca logro entender cómo funciona».

Incluso entonces, mientras nos esforzábamos en sonreír, yo estaba pensando en mi forma de batear.

Traté de concentrarme. Traté de regresar a la fiesta de cumpleaños de mi madre. Pero mi padre, en varios aspectos un ladrón, me había robado toda la concentración. Antes de que los platos de cartón fueran echados a la basura, ya me encontraba en el primer piso, hablando por teléfono, reservando un asiento en el último vuelo del día.

Mi madre solía empezar sus frases con «Sé un buen muchacho . . . », ya sea al decir «Sé un buen muchacho y saca la

basura» o «Sé un buen muchacho y ve a comprarme...».
Pero con la llamada telefónica, el buen muchacho que yo
había sido por años se había evaporado de pronto, y otro
muchacho ocupaba su lugar.

෴ DEBÍ MENTIRLES A todos los presentes. No fue difícil.
Usaba un *beeper* para el trabajo, así que me llamé a mí mismo
desde el teléfono que había en el primer piso, y al instante
bajé las escaleras velozmente. Cuando el artefacto sonó delante de Catherine, actué como si estuviese de mal humor, re-
funfuñando contra quienes «molestan los sábados».

Fingí una llamada telefónica. Fingí sorpresa. Inventé la
historia de que debía tomar un avión para verme con un
cliente que sólo estaba disponible el domingo, ¿no era esto
algo lamentable?

—¿No pueden esperar?—preguntó mi madre.

—Lo sé, es ridículo —respondí.

—Mañana tenemos el brunch.

—Sí, claro, pero qué quieres que haga...

—¿No puedes llamarlos de nuevo?

—No, mamá —repuse con sequedad—. No puedo llamarlos de nuevo.

Mi madre clavó los ojos en el suelo. Yo respiré honda-
mente. Cuanto más uno defiende una mentira, más enojado
se pone.

Una hora más tarde, un taxi pasó a buscarme. Tomé mi

maleta. Abracé a Catherine y a María, quienes forzaron unas sonrisas. Solté un adiós general a la concurrencia. El grupo respondió exclamando: «Hasta luego . . . Adiós . . . Buena suerte . . . ».

Al final oí la voz de mi madre, por encima de las otras:

—Te amo, Char . . .

La puerta del taxi se cerró en medio de la frase.

Y nunca más la volví a ver.

Veces que mi madre salió en mi defensa

—¿Pero qué sabes tú de administrar un restaurante? —dice mi mujer.

—Es un bar de deportes —digo.

Estamos sentados a la mesa del salón comedor. Mi madre está allí también, jugando con la pequeña María. Esto ocurre casi enseguida de mi retiro del béisbol. Un amigo quiere que sea su socio en un nuevo negocio.

—¿Pero no es difícil administrar un bar? —insiste Catherine—. ¿No hay cosas que uno debe saber de antemano?

—Es él quien sabe de eso —explico.

—¿Qué piensas tú, mamá? —pregunta Catherine.

Mi madre toma las manos de Catherine, las lanza por el aire y vuelve a atraparlas.

—¿Tendrás que trabajar por las noches, Charley?

—¿Qué?

—De noche. ¿Tendrás que trabajar de noche?

—Soy el socio inversor, mamá. No tendré que atender las mesas.

—Es mucho dinero —dice Catherine.

—Si no inviertes dinero, no puedes ganarlo —respondo.

—¿No hay algo extraño detrás de esto? —pregunta Catherine.

Resoplo de manera audible. En realidad, no sé qué es lo que

hay. Cuando uno se dedica al deporte, se entrena para no pensar
mucho en otros asuntos. No logro imaginarme tras un escritorio.
Esto es un bar. Sé algo de bares. Ya he empezado a desarrollar
cierta dependencia con el alcohol como parte de mi existencia co-
tidiana y, en el fondo, me atrae saber que lo tendré tan a mano.
Por otra parte, involucra la palabra «deporte».

—¿Dónde queda? —pregunta mi madre.

—A más o menos una hora y media de aquí.

—¿Cuán seguido tendrás que ir?

—No lo sé.

—¿Pero no de noche?

—¿Por qué te la pasas preguntándome acerca de las noches?

Mi madre agita un dedo a la altura de la cara de María.

—Tienes una hija, Charley.

Sacudo la cabeza.

—Ya lo sé, mamá.

Catherine se pone de pie. Retira los platos.

—Me asusta, eso es todo. Estoy tratando de ser sincera.

Bajo la mirada. Cuando la vuelvo a alzar, mi madre me está
contemplando. Pone un dedo bajo su mentón y lo eleva con suavi-
dad, indicándome de esta forma que debo hacer lo mismo.

—¿Sabes lo que pienso? Pienso que debes probar diferentes
cosas en la vida. ¿Tú también lo piensas, Charley?

Muevo afirmativamente la cabeza.

—Tener fe, trabajar duro y amar . . . Si cuentas con esas tres
cosas, puedes hacer lo que sea.

Tomo asiento. Mi mujer alza los hombros. El estado de ánimo ha cambiado. La suerte parece estar de mi lado.

Un par de meses después, el bar de deportes abre sus puertas.

Dos años más tarde, las cierra.

Según parece, se necesita más que esas tres cosas. Por lo menos en mi mundo, si no en el mundo de ella.

El juego

*L*A NOCHE PREVIA al «Juego de las viejas glorias» me alojé en un hotel Best Western que me hizo recordar los días en que era profesional y las giras que efectuábamos. Me fue imposible conciliar el sueño. Me pregunté cuántos espectadores habría en el estadio. Me pregunté si siquiera llegaría a hacer contacto con la bola. A las 5:30 de la madrugada, salí de la cama e intenté algún tipo de ejercicio físico de precalentamiento. La luz roja de mi teléfono titilaba. Llamé a la recepción. Sonó no menos de veinte veces.

—Tengo una luz encendida. Supongo que hay un mensaje —dije cuando por fin alguien me atendió.

—Un seg. . . . —gruñó la voz—. Sí, en efecto. Hay un paquete para usted.

Bajé al salón principal. El recepcionista me hizo entrega de una vieja caja de zapatos. Tenía mi nombre escrito en una especie de cinta adhesiva. El recepcionista bostezó. Yo abrí la caja.

Mi calzado deportivo con tapones de acero.

Sin dudas mi padre había guardado mi calzado deportivo durante todos estos años. Seguro que había pasado por el hotel en medio de la noche y había dejado la caja sin siquiera llamar a mi cuarto. Busqué a ver si había algún mensaje, pero no había nada más dentro de la caja. Tan sólo mi calzado, con sus antiguos rasguños.

◦ LLEGUÉ TEMPRANO AL estadio. Quise que el taxi me dejara cerca de la puerta de entrada de los jugadores, tal como en los viejos tiempos, pero el guardián me envió al portón por donde ingresan los empleados y los vendedores de cerveza y perros calientes. El estadio estaba vacío y los pasillos olían a comida. Qué extraño volver allí. Durante tantos años había deseado volver a ganarme la vida como jugador profesional, y ahora me disponía a jugar un encuentro de exhibición: el match de los veteranos. Una buena dosis de nostalgia, otra manera de recaudar dinero.

Me dirigí al vestuario donde debíamos cambiarnos. En la puerta, un empleado verificó que mi nombre estuviera incluido en una lista y, tras ello, me dio mi uniforme.

—Dónde puedo . . .

—En cualquier lado, por allí —indicó, apuntando a una hilera de lockers de metal, todos pintados de azul oscuro.

Dos tipos canosos se encontraban hablando en un rincón. Me saludaron con la quijada, sin dejar de conversar. La sensación era curiosa, como asistir a la reunión de ex graduados de otra persona. Yo sólo había jugado seis semanas en las grandes ligas. Y en ese lapso, por supuesto, no había cosechado amigos para toda la vida.

———

∞ MI UNIFORME TENÍA el apellido «BENETTO» cocido a lo largo de la espalda, si bien, tras una cuidadosa inspección, puede ver en la tela la sombra de otro apellido que había estado allí antes que el mío. Tras ponerme el uniforme, giré y vi que Willie «Bomber» Jackson se hallaba a muy pocos pasos.

Todos conocían a Jackson. Era un jugador excelente, famoso tanto por la potencia de su bateo como por su arrogancia en el terreno de juego. Cierta vez, durante los *playoffs*, apuntó con su bate al límite derecho del campo, y acto seguido marcó un jonrón histórico. Sólo tienes que hacer esto una vez en tu carrera para volverte inmortal, gracias a las repeticiones de la televisión. Y él lo hizo.

Ahora estaba sentado en un taburete, a escasos metros de mí. Yo nunca había jugado con Jackson. Se veía algo regordete, como inflado, dentro de su traje azul de terciopelo, pero a pesar de todo había algo majestuoso en él. Me saludó inclinando la cabeza y respondí de forma idéntica.

—¿Qué tal? —me dijo.

—Chick Benetto —respondí, tendiéndole mi mano. Me aferró los tres dedos internos y los sacudió con vigor. Nunca pronunció su nombre. Era tácito que no necesitaba hacerlo.

—Entonces, Chuck, ¿que estás haciendo en estos días?

No lo corregí. Le dije que estaba en «marketing» y deseé que no quisiera entrar en detalles.

—¿Y tú? —le pregunté—. ¿Sigues en la televisión?

—Hmm. Muy poco, en realidad. Más que nada inversiones, ahora.

Asentí.

—Bien. Sí. Gran idea, las inversiones.

—Fondos mutuos —añadió—. Bonos desfiscalizados, cosas por el estilo. Pero sobre todo fondos mutuos.

Volví a asentir. Me sentía estúpido por tener ya puesto mi uniforme.

—¿Estás en el mercado? —me dijo.

Hice un gesto vago con una mano.

—Ya sabes, más o menos —dije. Era mentira. No estaba ni más ni menos en el mercado.

Jackson me estudió, entreabriendo la boca.

—Bueno, mira. Yo podría ayudarte.

Por un momento sentí que el famoso Jackson realmente quería ayudarme, y hasta me puse a fantasear con un dinero que no poseía. Pero mientras él hurgaba algún bolsillo, presumiblemente en busca de su tarjeta de presentación, alguien exclamó «¡JACKSON, ERES UN GORDO TONTO!». Ambos volteamos la cabeza y ahí estaba Spike Alexander, y Jackson y él se abrazaron con tal fuerza que por poco me aplastan. Tuve que dar un paso atrás y apartarme.

Un minuto después, ambos estaban en la otra punta del vestuario, rodeados de gente, y esa fue toda mi carrera en el mundo de los fondos de inversión.

———

⟡ EL JUEGO DE los veteranos se disputaba una hora antes del verdadero juego, por lo tanto las tribunas estaban casi vacías cuando comenzó. Se oyó el sonido de un órgano. Una voz, por altoparlantes, dio la bienvenida a la escasa concurrencia y los jugadores fuimos presentados en orden alfabético. Primero vino un sujeto llamado Rusty Allenback, un jugador de fines de los cuarenta, y después Benny «Bobo» Barbosa, una figura popular de los sesenta con una inmensa sonrisa. Ingresó saludando al público. La gente todavía lo aplaudía cuando anunciaron mi nombre. La voz dijo «Del equipo ganador de 1973 . . . » y por las tribunas corrió algo como un escalofrío de expectación, y luego « . . . Charles "Chick" Benetto», entonces hubo una merma repentina en el volumen. El entusiasmo dio paso a una educada bienvenida.

Me dirigí como una flecha hacia la caseta y faltó poco para que chocase contra Barbosa. Quería llegar lo antes posible, antes de que el aplauso muriese, para evitar ese silencio tan incómodo y profundo que te permite oír tus propios pasos en el campo de juego. Entre el público, me dije, en algún sitio estaba mi padre. Pero me lo imaginé de brazos cruzados. Ningún aplauso del equipo local.

⟡ Y LUEGO EMPEZÓ el juego. La caseta parecía una estación de tren: tipos que no dejaban de entrar y salir, siempre empuñando sus bates, chocando unos contra otros mientras los tapones metálicos de sus calzados deportivos sonaban sobre el piso de cemento. Yo atrapé una bola, cosa que me alivió bastante porque tras tantos años de inactividad estaba más que nervioso. Después me puse a pasar el peso de un pie al otro, hasta que un tipo alto y de brazos peludos, un cierto Teddy Slaughter, me dijo:

—Eh, tú, ¿quieres dejar de dar saltitos?

A ojos del público que empezaba a congregarse, parecía béisbol, supongo. Ocho jugadores, un lanzador, un bateador, un árbitro vestido de negro. Pero estábamos muy lejos de la danza fluida y potente de nuestros días de juventud. Estábamos lerdos, ahora. Y torpes. Nuestros golpes eran lentos y anunciados; nuestros lanzamientos, altos y sin fuerza, con demasiado aire debajo de ellos.

En nuestra caseta había hombres de barrigas colosales, que claramente habían claudicado ante el proceso de envejecimiento, y que soltaban bromas como «¡Que alguien traiga un poco de oxígeno, Dios mío!». Por otra parte, estaban los que aún se aferraban al código ético de tomarse en serio todos los encuentros. Me senté al lado de un viejo jugador puertorriqueño que debía rondar los sesenta y que no paraba de mascar tabaco y de escupirlo en el suelo, mientras murmuraba «aquí vamos, muchachos, aquí vamos . . . ».

Cuando por fin me llegó el turno de batear, el estadio estaba casi por la mitad. Hice un par de golpes de práctica y luego ocupé mi puesto. Una nube tapó el sol. Oí el grito de un vendedor. Sentí mi cuello bañado de sudor. Y aun cuando me disponía a hacer algo que había hecho un millón de veces en mi vida (aferrar el bate, encoger los hombros, apretar los dientes, aguzar la mirada) mi corazón latía de forma acelerada. Creo que deseaba sobrevivir por más de unos pocos segundos. Llegó el primer lanzamiento. Lo dejé pasar. «Bola uno», dijo el árbitro, y quise darle las gracias.

ᘍᕽ ¿NO TE SUCEDE a menudo que, al mismo tiempo que haces una cosa, piensas qué estará ocurriendo en otro sitio? Mi madre, después del divorcio, solía sentarse en el patio trasero de la casa, y mientras el sol se ponía fumaba un cigarrillo y deslizaba:

—Ahora mismo, Charley, el sol aquí se oculta, pero sale en otra parte del mundo. En Australia, en China, en un lugar por el estilo. Puedes corroborar lo que digo en cualquier enciclopedia.

Mi madre exhalaba el humo de su cigarrillo y clavaba los ojos en la hilera de jardines y patios traseros, con sus sogas para colgar la ropa y sus columpios infantiles.

—Este mundo es tan grande —decía entonces, con aire soñador—. Siempre hay algo sucediendo en alguna otra parte.

En esto tenía razón. Algo sucede siempre en alguna otra parte. Por eso mismo, mientras participaba del «Juego de las viejas glorias», mientras miraba a un lanzador con el cabello entrecano, y mientras él me arrojaba lo que otrora había sido su «bola de cañón» y ahora no era sino una bola que flotaba rumbo a mi pecho, y mientras yo bateaba y se oía ese ruido tan familiar, *toc*, y dejaba caer mi bate y echaba a correr, convencido de haber hecho una jugada fabulosa, olvidando que mis brazos y mis piernas no tenían la fuerza de antes, olvidando que a medida que envejeces las paredes se alejan de ti, mientras alzaba la vista y comprobaba que lo que en principio juzgué un golpe sólido, por qué no un jonrón, iba derecho al guante de un jugador de segunda base y resultaba ser un «petardo mojado» , y una voz en mi cabeza gritaba «¡abandona, abandona!», al tiempo que el jugador de segunda base apretaba dentro de su guante mi última contribución al encuentro; mientras todo esto ocurría, mi madre, tal como ella misma había dicho años antes, se ocupaba de que a la vez algo también ocurriese en Pepperville Beach.

La radio de su reloj difundía la música de una gran orquesta. Sus almohadas habían sido recientemente acomodadas. Y su cuerpo estaba todo dislocado, como una muñeca hecha pedazos, en el suelo de su habitación, donde ella había acudido en busca de sus flamantes lentes de marcos rojos antes de desmayarse.

Un infarto masivo.

Estaba a punto de expirar.

CUANDO EL «JUEGO de las viejas glorias» llegó a su fin, caminamos de regreso por el túnel y nos cruzamos con los jugadores activos. Nos estudiamos y medimos mutuamente. Eran jóvenes y su piel se veía tersa. Nosotros estábamos gordos y se nos caía el cabello. Saludé a un muchacho musculoso que cargaba en la mano un casco protector. Tuve la impresión de observarme a mí mismo cuando joven.

Ya en el vestuario, empaqué mis cosas deprisa. Algunos se duchaban pero no tenía mucho sentido. No nos habíamos esforzado tanto. Doblé en dos la parte superior de mi uniforme y lo guardé de recuerdo. Cerré mi bolso. Me senté por unos segundos, completamente vestido. De pronto todo me pareció fútil.

Salí, tal como había ingresado, por la puerta de los empleados. Y allí estaba mi padre, fumando un cigarrillo y mirando al cielo. Pareció sorprenderse al verme.

—Gracias por el calzado —le dije.

—¿Qué haces aquí? —repuso, con aire enfadado— ¿No encontraste a nadie con quién hablar ahí dentro?

No pude evitar decirle con una nota de sarcasmo:

—No, papá. Supongo que salí para saludarte. Hace dos años que no te veo.

—¡Dios mío! —exclamó disgustado, sacudiendo la cabeza—. ¿Cómo vas a hacer para volver al béisbol si estás hablando acá conmigo?

Chick descubre que su
madre se ha ido

—¿ALÓ?

La voz de mi esposa sonaba agitada, alterada.

—Hola, soy yo —dije—. Lamento no . . .

—Ay, Chick, ¡por fin! No sabíamos cómo ubicarte.

Ensayé mi repertorio de excusas (el cliente, la reunión de trabajo, etc.) pero todo se derrumbó como un castillo de naipes.

—¿Qué ocurre? —dije al fin.

—Tu mamá. Ay, Dios mío, Chick. ¿Dónde estabas? No sabíamos . . .

—¿Qué? ¿Qué?

Mi mujer se puso a llorar y luego a jadear.

—Dime —le rogué—. ¿Qué pasó?

—Un infarto. María la encontró . . .

—¿Qué?

—Tu madre . . . Murió.

ESPERO QUE NUNCA debas escuchar estas palabras. *Tu madre. Murió.* Son diferentes de todas las demás palabras. Son demasiado grandes para entrar en tus oídos. Pertenecen a un idioma exótico y fantástico, que suele golpearte las sienes, como una bola de demolición que impacta una y otra vez en tu cuerpo, hasta que al fin las palabras abren un gran agujero y se alojan en tu cerebro. Y al hacerlo, te destruyen.

—¿Dónde?

—En la casa.

—¿Dónde? Es decir, ¿cuándo?

De pronto ciertos detalles parecían extremadamente importantes. Los detalles eran lo único a lo que me podía aferrar, una forma de involucrarme en lo ocurrido.

—Cómo fue que . . .

—Chick —me interrumpió Catherine con suavidad—. Tan sólo ven a casa, ¿de acuerdo?

Alquilé un auto. Conduje toda la noche. Con mi dolor y mi desconcierto en los asientos traseros, y con mi culpa adelante. Llegué a Pepperville Beach antes de que amaneciera. Me detuve frente a la casa. Apagué el motor. El cielo estaba teñido de violeta. Mi carro olía a cerveza. Sentado allí, contemplando el amanecer a mi alrededor, me di cuenta de que no había llamado a mi padre para informarle de la muerte de mi madre. Tenía la sensación, muy adentro de mí, de que nunca volvería a verlo.

Y así fue.

Perdí el mismo día a mis dos padres: uno se perdió en los laberintos de la vergüenza, el otro en las tinieblas de la muerte.

Tercera y última visita

MI MADRE Y yo paseábamos ahora por un pueblo que nunca había visto. No había nada que sobresaliese: una gasolinería en un rincón, una pequeña tienda en otro. Los postes telefónicos y la corteza de los árboles eran de un mismo color carbón, y casi todos estos árboles habían perdido sus hojas.

Nos detuvimos ante un edificio de dos plantas. Estaba hecho de ladrillos color amarillo pálido.

—¿Dónde estamos? —pregunté.

Mi madre contempló el horizonte. El sol acababa de ponerse.

—Tendrías que haber cenado mejor—dijo.

Alcé los ojos al cielo.

—Vamos . . . —respondí.

—¿Por qué? Me gusta saber que has comido bien, eso es todo. Debes cuidarte más, Charley.

Reconocía en esa expresión la antigua montaña de preocupaciones maternas. Y comprendí que cuando uno mira a su madre está viendo el amor más puro que jamás conocerá.

—Me habría gustado que hiciéramos esto antes, mamá. ¿Sabes?

—Antes de que muriera, ¿quieres decir?

Mi voz se empequeñeció y dije con timidez:

—Sí.

—Yo estaba aquí.

—Lo sé.

—Pero tú estabas ocupado.

La última palabra me sacudió. Parecía tan hueca, ahora. Una sombra de resignación atravesó su cara. Supongo que, en ese momento, ambos pensábamos cuán diferentes habrían sido las cosas si las hubiesemos hecho de nuevo.

—Charley —preguntó—, ¿fui yo una buena madre?

Abrí la boca, dispuesto a responder, pero una especie de relámpago eclipsó la visión de mi madre. Sentí que me ardía la cara, como si el sol me estuviera horneando. Entonces, una vez más, resonó aquella voz:

—¡CHARLES BENETTO, ABRE LOS OJOS!

Parpadeé con fuerza y, de pronto, me encontré muchos metros detrás de mi madre, como si ella hubiese seguido caminando y yo me hubiera detenido. Volví a cerrar y abrir los ojos. Mi madre estaba más lejos todavía. Apenas lograba verla. Apuré el paso pero todo daba vueltas a mi alrededor. Traté de pronunciar su nombre y la palabra vibró en mi garganta, consumiendo la escasa energía que me quedaba.

Entonces, de súbito, ella reapareció a mi lado. Me tomaba de la mano, con toda calma, como si nada hubiera ocurrido. Y así, juntos, regresamos a nuestro punto de partida.

—Aún nos queda una última escala —me anunció.

ME HIZO AVANZAR hacia el edificio amarillo y, un segundo más tarde, estábamos dentro, en un apartamento lleno de muebles y con el cielo raso demasiado bajo. El dormitorio era pequeño. Las paredes tenían un empapelado color verde. Un cuadro con el retrato de unos viñedos colgaba de la pared, y una cruz presidía la cama. En la esquina había un tocador de madera clara, debajo de un amplio espejo. Y ante el espejo, sentada, vi a una mujer de cabello oscuro, vestida con una bata de baño color rosa.

La mujer, de unos setenta años, tenía nariz angosta, pómulos prominentes y piel color oliva. Sin prestarnos atención, se peinaba con lentitud y su mirada parecía extraviada.

Mi madre se paró tras ella. No hubo ninguna clase de saludo. En vez de eso, estiró sus manos y éstas se derritieron en las manos de la otra mujer: la derecha que asía el cepillo, la otra que tan sólo acompañaba el movimiento.

La mujer alzó los ojos, como si observase su imagen reflejada, pero sus ojos se veían nublados y distantes. Me pregunto si estaba mirando a mi madre.

Ninguna de las dos habló.

—Mamá —susurré al fin—. ¿Quién es ella?

Mi madre llevó sus manos al pelo de la mujer y giró para decirme:

—Es la esposa de tu padre.

Veces que *no* salí en defensa de mi madre

Toma la pala, dijo el reverendo. Lo dijo con sus ojos. Yo debía echar tierra sobre el ataúd de mi madre, medio enterrado ya en su sepultura. Mi madre, explicó el reverendo, había visto esta costumbre en los funerales judíos y la había solicitado para el suyo. Sentía que así ayudaba a los seres queridos a aceptar que el cuerpo ya no está presente y que ahora deben recordar el alma. Me pareció oír la voz de mi padre, diciendo: «Estoy seguro, Posey, de que todo este asunto de arrojar tierra es un invento tuyo».

Tomé la pala como un niño al que le dan un rifle. Miré a mi hermana, Roberta, que llevaba un velo negro sobre la cara y temblaba. Miré a mi esposa, que estaba mirando al suelo, mientras rodaban lágrimas por sus mejillas y mientras su mano derecha rítmicamente acariciaba el cabello de nuestra hija. Tan sólo María me miró. Y sus ojos parecían decirme: «No lo hagas, papá. Devuélvela ya mismo».

Un jugador de béisbol se da cuenta de inmediato si está asiendo su bate o el bate de otra persona. Así me sentía yo con aquella pala en mano. No era mía, no me pertenecía. Pertenecía a un hijo que no le hubiese mentido a su madre. Pertenecía a un hijo cuyas últimas palabras a su madre no hubieran sido agresivas.

A un hijo que no hubiese partido corriendo a satisfacer el nuevo capricho de un padre ausente y lejano.

Aquel hijo se habría quedado ese fin de semana durmiendo con su esposa en el cuarto de huéspedes y habría desayunado en familia el domingo. Aquel hijo habría estado presente cuando su madre se desvanecía. Aquel hijo acaso podría haberla salvado.

Pero aquel hijo no estaba disponible.

Así que este otro hijo tragó saliva, cumplió con lo que le pedían y arrojó un puñado de tierra sobre el cajón. La tierra cayó dispersándose caóticamente, y unos pocos trozos de grava hicieron ruido contra la madera lustrada. Y aun cuando todo esto había sido idea de mi madre, tuve la impresión de que ella me reprendía: «Oye Charley, ¿cómo te atreves?»

Todo se explica

ES LA ESPOSA de tu padre.

¿Cómo explicar esta frase? Apenas puedo decirte que el fantasma de mi madre me dijo eso, allí, de pie, en aquel extraño apartamento con aquel cuadro que representaba unos viñedos.

—Es la esposa de tu padre. Se conocieron durante la guerra. Tu padre fue enviado a Italia. Él mismo te lo contó, ¿no es cierto?

Sí, muchas veces me lo había contado. Italia, fines de 1944. Los montes Apeninos y el valle del río Po, no lejos de Bolonia.

—Ella vivía en un pueblo de la región. Y era pobre. Tu padre era soldado. Ya sabes lo que suele ocurrir en estos casos. Tu padre, en aquel entonces, era muy . . . no sé, ¿cuál es la palabra? ¿Testarudo? ¿Insistente?

Mi madre miró sus manos mientras peinaba a la mujer.

—¿Te parece bonita, Charley? Siempre he pensado que sí. Y lo sigue siendo, incluso hoy. ¿No lo crees?

La cabeza me daba vueltas.

—¿Qué quieres decir con que ella es su esposa? Tú fuiste su esposa.

Mi madre asintió, lentamente.

—Sí, yo lo fui.

—No se puede tener dos esposas.

—No —murmuró—. Tienes razón. No se puede.

LA MUJER EMITIÓ un sollozo ahogado. Sus ojos se veían irritados, cansados. Pero no parecía advertir mi presencia. En cambio sí pareció escuchar a mi madre mientras decía:

—Creo que tu padre se asustó durante la guerra. No sabía cuánto iba a durar. Muchos hombres murieron en esas montañas. Tal vez ella le daba cierta seguridad. Tal vez él pensó que nunca volvería a casa. Quién sabe. Tu padre siempre necesitó tener un plan. Solía decir que «Es necesario tener un plan, un plan».

—No entiendo —dije—. Papá te escribió aquella carta desde Italia.

—Sí.

—Te propuso matrimonio. Y tú aceptaste.

Mi madre soltó un suspiro.

—Supongo que en cuanto vio que la guerra estaba por terminar, tuvo necesidad de otro plan: de su antiguo plan, conmigo. Las cosas cambian cuando dejas de estar en peligro, Charley. Entonces . . . —recogió el pelo de la mujer— la abandonó.

Una pausa.

—Tu padre era un especialista en eso.

Yo sólo atiné a sacudir la cabeza.

—Pero por qué tú . . .

—Nunca me lo dijo, Charley. Nunca se lo dijo a nadie. Aunque, llegado un momento, con los años, volvió a encontrarla. O quizás ella lo encontró a él. Y a fin de cuentas la trajo a los Estados Unidos y le montó una nueva vida. Hasta llegó a comprar una segunda casa, en Collingswood, el pueblo en que construyó su nueva tienda, ¿recuerdas?

La mujer dejó el cepillo. Mi madre retiró sus manos y las colocó bajo su barbilla.

—Era su receta de pasta la que tu padre deseaba que yo le preparase durante todos esos años —suspiró—. Por alguna razón, eso todavía me afecta.

ACTO SEGUIDO MI madre me contó el resto de la historia. Cómo descubrió todo aquello. Cómo una vez le preguntó a mi padre por qué nunca había una factura de hotel en Collingswood. Cómo él le respondió que pagaba en efectivo, y eso aumentó sus sospechas. Cómo consiguió que una *baby-sitter* viniera un viernes por la noche a cuidarnos, y cómo condujo nerviosamente hasta Collingswood y recorrió, una por una, todas las calles, hasta que vio el Buick de mi padre estacionado delante de una casa y se le llenaron los ojos de lágrimas.

—Temblaba, Charley. Me costaba caminar. Sin que nadie me viera, me aproximé a una ventana y espié dentro de la casa. Estaban cenando los dos. Tu padre llevaba puesta una camisa desabotonada. Se le veía la camiseta, lo mismo que sucedía en casa. Y ahí estaba, comiendo sin prisa, relajado, como si viviese allá, pasándole los platos a esta mujer y . . . —se detuvo bruscamente—. ¿Estás seguro de que quieres saber esto?

Asentí.

—Y a su hijo.

—¿Qué?

—Era unos años mayor que tú.

—¿Un . . . hijo varón?

Terminé de decir esto y mi voz se quebró.

—Lo siento, Charley.

Me sentía muy confundido, como a punto de caerme de espaldas. Incluso ahora, al evocarlo, me cuesta poner en palabras lo ocurrido. Mi padre, que había exigido mi devoción, mi lealtad incondicional al equipo de los hombres de la familia, ¿mi padre tenía otro hijo?

—¿Jugaba el béisbol?—alcancé a decir.

Mi madre me miró desconsolada.

—Charley —dijo, casi llorando—, realmente no lo sé.

ॐ LA MUJER ABRIÓ un pequeño cajón. Extrajo algunos papeles y los hojeó. ¿Era en verdad quien mi madre decía que era? Parecía italiana. Parecía tener la edad correcta. Traté de imaginar a mi padre cuando la conoció. Traté de imaginarlos juntos. No sabía nada de esta mujer ni de este apartamento, pero sentía la presencia de mi padre en la habitación.

—Esa noche volví a casa, Charley —contó mi madre—, y me senté al borde de la acera y lo aguardé. No quería verlo más dentro de la casa. Regresó poco después de la medianoche y nunca olvidaré la expresión en su rostro no bien recibió de lleno la luz de la linterna, porque en ese mismo instante supo que yo lo había descubierto. Lo metí dentro del carro y le exigí que subiera bien todas las ventanillas. No deseaba que nadie nos oyese. Y entonces exploté. Exploté de tal manera que él ya no pudo recurrir a ninguna de sus artimañas. Al final admitió quién era ella, cuándo se habían conocido, y lo que había tratado de hacer. Sentía un tremendo dolor de estómago. No podía sentarme con la espalda recta. Uno sabe que le esperan muchas cosas al casarse, Charley, pero quién puede tolerar verse reemplazada así . . .

Mi madre me dio la espalda y sus ojos se clavaron en el cuadro con los viñedos.

—No estoy segura de haber caído en cuenta de lo que ocurría hasta unas semanas después. Dentro del carro, simplemente estaba furiosa. Y con el corazón partido en dos. Me pidió que lo perdonara. Me juró que se arrepentía. Me juró que no sabía nada acerca de este otro hijo, y que cuando se enteró, se había sentido obligado a hacer algo por él. De cuanto me dijo, ignoro qué era verdad y qué no. Aun cuando gritaba, tu padre tenía una respuesta adecuada para todo. Pero nada de esto importaba, porque lo nuestro había terminado. ¿Entiendes? Podría haberle perdonado casi cualquier cosa que me hiciera a mí. Pero aquello era una traición a sus hijos, a ti y a tu hermana también.

Giró y me miró de frente.

—Uno tiene una familia, Charley. Para bien o para mal, tiene una familia. Y no puede sustituirla así nomás. No puede mentirle. No puede llevar una doble vida y hacer de cuenta que todo es normal. Que le seas fiel es lo que hace que sea una verdadera familia —dijo mi madre y respiró hondo—. Así que tuve que tomar una decisión.

Traté de imaginar aquel momento tan difícil. Dentro de un auto, pasada la medianoche, con las ventanillas cerradas; visto desde afuera: dos personas gritándose en silencio. Traté de imaginar a nuestra familia durmiendo en un hogar, mientras en otro hogar dormía una segunda familia, y en ambos casos la ropa de mi padre colgaba en el armario.

Traté de imaginar a la deliciosa Posey de Pepperville Beach despidiéndose esa noche de su antigua vida, llorando y gritando como si todo se desmoronara ante sus narices. Y me di cuenta de que en la lista de las «Veces que mi madre salió en mi defensa», este episodio tendría que haber figurado en primer lugar.

—Mamá —murmuré al fin—, ¿qué le dijiste?

—Le dije que se marchase. Y que no regresara más.

Por fin sabía lo que había pasado la noche previa a las hojuelas de maíz hechas polvo.

HAY MUCHAS COSAS en la vida que me gustaría volver a hacer. Muchos momentos que, de tener la oportunidad, querría revivir de otra forma. Pero el que cambiaría por completo, de ser posible modificar uno solo, no sería tanto en mi provecho como en el de mi hija, María, que fue en busca de su abuela aquella tarde de domingo y la encontró desmayada en el suelo de su dormitorio. María intentó despertarla. Empezó a gritar. Salió de la habitación y volvió a entrar corriendo, irresuelta entre el impulso de pedir ayuda a los gritos y el deber de no dejarla sola. Esto nunca debería haberle ocurrido. María era apenas una niña.

Pienso que, a partir de ese punto, se me hizo muy difícil enfrentar a mi mujer y a mi hija. Pienso que por ese motivo me dediqué a beber tanto. Pienso que por eso mismo empecé a llevar otra clase de vida, porque en lo más profundo estimaba que ya no merecía la anterior. Huí. Escapé. En este sentido, supongo, mi padre y yo fuimos tristemente similares. Cuando, dos semanas después, en la quietud de nuestro dormitorio, le confesé a mi esposa dónde había estado, cuando le conté que no había habido ningún viaje de negocios sino que había jugado al béisbol en un estadio de Pittsburgh mientras mi madre se moría, Catherine se mostró más absorta que nada. No podía parar de mirarme, como a punto de decirme algo que nunca atinó a pronunciar.

Por fin, su único comentario fue: «A esta altura de los hechos, ¿qué importancia tiene eso?».

ೂ MI MADRE ATRAVESÓ el pequeño dormitorio y se detuvo junto a la única ventana. Luego descorrió las cortinas.

—Está oscuro afuera—dijo.

A nuestras espaldas, en el espejo, la italiana no dejaba de hojear los papeles.

—Mamá —quise saber—, ¿la odias?

Hizo que no con la cabeza.

—¿Por qué debería odiarla? Tan sólo quería las mismas cosas que yo. Y tampoco las obtuvo. Su matrimonio naufragó. Tu padre la dejó. Como he dicho, él era una especialista en eso.

Mi madre se frotó los hombros, como si tuviera frío. La mujer en el espejo se llevó las manos a la cara y dejó escapar un sollozo ahogado.

—Los secretos, Charley —susurró mi madre—. Los secretos pueden ser destructivos.

Permanecimos los tres callados durante un momento, cada cual en su mundo. Hasta que mi madre me dijo:

—Ahora debes irte.

—¿Irme?¿A dónde? ¿Por qué?

—Aunque primero, Charley... —pronunció, aferrando mis manos—, primero deseo preguntarte algo.

Sus ojos estaban llenos de lágrimas.

—¿Por qué quieres morir?

Sentí un escalofrío. Por un segundo fui incapaz de respirar.

—¿Tú lo sabías...?

Me sonrió con tristeza.

—Soy tu madre.

Una convulsión atravesó mi cuerpo. De pronto me faltaba el aire.

—Mamá... Yo no soy quien crees... Eché a perder muchas cosas de mi vida. Estuve bebiendo. Lo estropeé todo. Perdí a mi familia...

—No, Charley.

—Sí, sí. Las perdí —mi voz temblaba—. Me he quedado completamente solo... Catherine se ha ido, mamá. La expulsé lejos de mí... En cuanto a María, ni siquiera existo en su vida... Se ha casado... Pero no estuve en su boda... Ahora soy un marginal... Estoy al margen de todo lo que he amado en la vida...

Casi sin aliento, seguí diciendo:

—En cuanto a ti... Aquel último día... No tendría que haberme ido... Nunca pude decirte... —incliné la cabeza, avergonzado— ... cuánto lo siento... estoy tan... tan...

Esto es todo lo que pude decir. De inmediato caí al suelo,

lloriqueando sin parar. Ignoro cuánto tiempo pasé de aquel modo. Cuando volví a hablar, mi voz era apenas un hilo.

—Quise acabar con todo, mamá . . . Con esta furia, con esta culpa . . . Por eso quise matarme . . .

Alcé los ojos y, por vez primera, admití la verdad.

—Me di por vencido —musité.

—No te des por vencido —susurró como respuesta.

Fue entonces cuando enterré mi cabeza. No me da pudor decirlo: enterré mi cabeza en los brazos de mi madre y sus manos me acunaron. Nos quedamos así abrazados, brevemente. Pero no puedo expresar en palabras el placer que me dio ese abrazo. Tan sólo puedo decir, mientras te cuento todo esto, que aún extraño esa sensación.

—No estuve a tu lado cuando moriste, mamá.

—Tenías otras cosas que hacer.

—Te mentí. Fue la peor mentira de todas las que te dije . . . No tenía que trabajar. Fui a jugar béisbol . . . Un juego estúpido . . . Estaba tan desesperado por agradar a . . .

—Tu padre —añadió de forma gentil.

Entonces comprendí que siempre lo había sabido.

En la otra punta de la habitación, la italiana se ajustó la bata. Luego unió las manos, como si fuera a rezar. Conformábamos un trío tan extraño. Cada uno de nosotros, a su modo, había anhelado el amor del mismo hombre. Aún recordaba sus palabras, apremiándome a tomar una decisión: «Niño de mamá o niño de papá, Chick, ¿qué quieres ser?».

—Tomé la decisión equivocada —murmuré.

Mi madre sacudió la cabeza.

—Un hijo jamás debería verse obligado a elegir.

☙ AHORA LA ITALIANA se había puesto de pie. Se refregaba las manos. Puso los dedos al borde del tocador y acercó dos objetos a la luz. Mi madre me arrastró para ver lo que la mujer miraba.

Un objeto era la foto de un joven en el día de su graduación. Supongo que era su hijo.

El otro objeto era mi tarjeta de béisbol.

La mujer clavó los ojos en el espejo y observó las tres imágenes, la suya y la nuestra, enmarcadas todas como un curioso retrato de familia. Por primera y única vez tuve la certeza de que me había visto.

—*Perdonare*—murmuró la mujer.

Y todo lo que había a nuestro alrededor se desvaneció.

Chick concluye su relato

¿ALGUNA VEZ HAS evocado tus más remotos recuerdos de infancia? De mis recuerdos, el más antiguo corresponde a los tres años de edad. Era verano. Había una feria en el parque cerca de nuestra casa. Globos y puestos de golosinas. Unos muchachos formaban fila al lado de la fuente de agua que hacía las veces de bebedero.

Yo debía de tener sed, porque mi madre me alzó en brazos y me condujo al primer puesto de esa fila. Ante todo, recuerdo que se instaló delante de aquellos muchachos sudados y sin camisa, que pasó un brazo alrededor de mi pecho y con la mano libre activó el chorro de agua. «Bebe, Charley», susurró, y yo me incliné hacia adelante, mis pies no tocaban el suelo, y di un gran sorbo, y todos esos hombres simplemente esperaron a que acabásemos. Aún me parece sentir su brazo sujetándome. Aún puedo ver el chorro de agua. Es mi recuerdo más remoto: madre e hijo, ambos en un mundo aparte.

Ahora, al final de este extraño día que habíamos pasado juntos, algo parecido me estaba ocurriendo. Me dolía todo el cuerpo. Apenas lograba moverme. Pero mi madre me abrazaba a la altura del pecho y sentí que ella me alzaba una vez más, y que un leve viento acariciaba mi rostro. Todo se hallaba en penumbras, como si viajásemos tras una gruesa cortina. Después, la negrura dio paso a unas estrellas. Miles de estrellas. Y mi madre me apoyó con suavidad sobre el césped, como si le ofrendase mi alma a este mundo.

—Mamá . . . —mi garganta estaba seca. Debía tragar entre cada palabra—. Esa mujer . . . ¿qué fue lo que dijo?

—Perdonar.

—¿Perdonar a quién? ¿A ella? ¿A papá?

Ahora mi nuca estaba bien apoyada contra la tierra. Podía sentir cómo corría sangre por mis sienes.

—A ti —dijo mi madre.

Mi cuerpo se estaba paralizando. No conseguía mover mis brazos ni mis piernas. ¿Cuánto tiempo me quedaba?

—Sí —jadeé.

Ella me miró, confundida.

—Sí, fuiste una buena madre.

Se llevó una mano a la boca a fin de ocultar una sonrisa. Después agitó las manos, como si se despidiera.

—Vive —me dijo.

—No, aguarda . . .

—Te amo, Charley.

Yo lloraba.

—Te perderé . . . —alcancé a decir.

Ella arrimó su rostro, que pareció flotar ante el mío.

—No puedes perder a tu madre, Charley. Aquí me tienes.

Entonces un inmenso relámpago borró su imagen.

—CHARLES BENETTO, ¿ME OYES?

Sentí un cosquilleo en las piernas.

—VAMOS A MOVERTE.

En vano, intenté reaccionar.

—¿NOS OYES, CHARLES?

—Yo y mi madre —murmuré y sentí un beso suave en el brazo.

—Mi madre y yo —me corrigió.

Y se fue.

ABRÍ Y CERRÉ los ojos varias veces. Vi el cielo. Vi las estrellas. Luego las estrellas empezaron a caer. Se veían cada vez más grandes, a medida que se acercaban, redondas y blancas, como bolas de béisbol, y en un acto reflejo moví las palmas de mis manos, como si desplegase al máximo mi guante con el objeto de atraparlas.

—ESPERA. ¡MIRA SUS MANOS!

La voz se hizo más débil.

—¿CHARLES?

Y más débil aún.

—¿Charles? Eso, sí, así es, chico . . . Regresa con nosotros . . . ¡Ey, muchachos!

El hombre se puso a hacer señas con la luz de su linterna, en dirección a otros dos policías. Era joven, tal como yo lo había supuesto.

Los pensamientos finales de Chick

AHORA BIEN, COMO te dije al principio, cuando te sentaste a escuchar mi relato, no pretendo que me creas. Nunca he contado esta historia, pero lo cierto es que necesitaba hacerlo. Y ahora me siento feliz.

He olvidado tantas cosas de mi vida, y sin embargo puedo recordar hasta el menor detalle de cada momento que pasé con mi madre: la gente que cruzábamos, los temas de conversación. En más de un aspecto todo era muy normal; pero, como decía mi madre, en un instante de vida normal pueden ocurrir cosas verdaderamente importantes. Dirás que estoy loco, que imaginé todos estos hechos que acabo de narrarte. Pero, en el fondo de mi alma, siento que aquello ocurrió de verdad. Que mi madre, en algún sitio intermedio entre este mundo y el más allá, me concedió un día más, el día que yo tanto deseaba. Y que mi madre me dijo todo lo que te he contado.

Y lo que dijera mi madre, yo lo creía.

—¿Qué causa un eco? —me preguntó cierta vez.

La persistencia del sonido una vez que la fuente se ha silenciado.

—¿Cuándo es posible oír un eco?

Cuando hay silencio y los demás sonidos son absorbidos.

Cuando hay silencio, aún oigo el eco de mi madre.

Ahora me avergüenza pensar que he intentado suicidarme. La vida es algo tan precioso. No tenía con quien hablar sobre mi desasosiego, y eso es un error muy grave. Siempre conviene tener a la gente cerca. Siempre conviene que ellos puedan acceder a tu corazón.

Con respecto a lo que pasó en los dos años siguientes, hay tanto para contar: mis días en el hospital, el tratamiento que recibí, dónde estuve a continuación. Digamos, al menos, que en más de un sentido fui afortunado. Estoy vivo. No maté a nadie. Desde entonces, he estado sobrio todos los días, si bien algunos días son más arduos que otros.

He meditado mucho acerca de esa noche. Creo que mi madre me salvó la vida. Creo además que los padres, si te aman, siempre están cerca para protegerte, lejos de sus propios problemas; uno puede haberlos tratado de forma descortés, pero de haberlo sabido los habría tratado de mejor manera.

Detrás de todo siempre hay una historia. Cómo un cuadro fue a parar a una pared. Cómo una cicatriz fue a parar a tu cara. A veces las historias son simples, otras veces son ingratas o complicadas. Pero detrás de todas tus historias está siempre la historia de tu madre, porque es allí donde ha empezado la tuya.

De modo que esta fue la historia de mi madre.

Y también la mía.

Ahora me gustaría hacer las cosas bien con la gente que amo.

Epílogo

CHARLES "CHICK" BENETTO murió el mes pasado, cinco años después de su intento de suicidio, tres años después de aquella mañana de domingo en la que nos conocimos.

El entierro fue muy humilde: sólo unos pocos familiares (incluida su ex mujer) y varios amigos de su infancia en Pepperville Beach, quienes recordaron haber escalado una torre de agua con Chick y haber pintado sus nombres en el tanque valiéndose de un aerosol. No acudió nadie del mundo del béisbol, aunque los Piratas de Pittsburgh enviaron una nota de condolencia.

Su padre se hizo presente. Un hombre delgado, encorvado y de lacio cabello blanco, que permaneció de pie en el fondo de la iglesia. Llevaba gafas de sol y traje marrón, y partió con rapidez apenas concluyó la homilía.

La causa de la muerte de Chick fue un ataque repentino, una embolia que afectó su cerebro y lo mató casi en el acto. Los médicos estimaron que su tejido sanguíneo pudo haberse debilitado a consecuencia del traumatismo craneal de su accidente en la carretera. Tenía cincuenta y ocho años al morir. Muy joven, coincidieron todos.

¿Los detalles de su «historia»? Yo me encargué de confir-

mar que los detalles eran ciertos en su totalidad. Sí, había habido aquella noche un accidente en la rampa de ingreso a la
carretera, y un carro, tras percutir contra una camioneta y pasar por encima de un terraplén, destrozó un gran cartel publicitario, y el conductor salió despedido.

Hubo, asimismo, una viuda llamada Rose Templeton,
que vivía en Lehigh Street en Pepperville Beach, y murió
poco después del accidente. Hubo también una señorita
Thelma Bradley, que murió no mucho después y cuyo obi-
tuario en el periódico local la presentó como «empleada do-
mestica retirada».

Una boda fue celebrada en 1962 —a un año del divorcio
de los Benetto— entre cierto Leonard Benetto y cierta Gi-
anna Tusicci, ratificando otra boda previa en Italia. Y un tal
Leo Tusicci, probablemente su hijo, figura en la lista de estudiantes del Collingswood High School, a principios de los
años sesenta. Aunque no hay más datos de él.

¿En cuanto a Pauline «Posey» Benetto? Murió de un infarto, en efecto, a los setenta y nueve años, y todos los pormenores de su vida coinciden con el relato que me hizo
Chick. Su carácter siempre afable y su instinto maternal fueron confirmados por los familiares que la sobrevieron. Su fotografía cuelga aún en el salón de belleza en el que trabajaba.
En la foto, luce una blusa azul y unos grandes pendientes.

En sus últimos años, Chick Benetto pareció hallar cierto
consuelo. Vendió la casa de su madre en Pepperville Beach y

legó las ganancias a su hija. Se mudó más tarde a un apartamento ubicado cerca de la casa de ella, y ambos, padre e hija, reestablecieron un vínculo que pasó a incluir, los sábados por la mañana, rondas de café con *doughnuts* en las que comentaban todo lo ocurrido en la semana. Y aunque nunca se reconcilió del todo con Catherine Benetto, pudieron hacer las paces y hablarse con asiduidad.

Sus días como vendedor habían terminado, pero hasta su muerte Chick trabajó ocasionalmente en un parque de atracciones, donde pudo imponer un lema para las actividades recreativas que organizaba: «Todo el mundo tiene derecho a jugar».

Una semana antes del infarto, pareció sentir que le quedaba poco tiempo. «Recuérdenme por estos últimos años, no por los anteriores», les dijo a quienes tenía a mano.

Lo enterraron junto a su madre.

PUESTO QUE INVOLUCRA un fantasma, se puede decir que esta es una historia de fantasmas. Pero qué familia, a fin de cuentas, no vive su propia historia de fantasmas. Contar anécdotas acerca de los que se han ido es el modo que encontramos para impedir que se vayan del todo.

Y por más que Chick ya no esté aquí, su historia confluye con otra gente. Conmigo, por ejemplo. No creo que él estuviera loco. Creo que realmente obtuvo un día más con su madre. Y un día entero junto a un ser que se ama puede cambiar las cosas por completo.

Lo sé muy bien. Yo viví un día parecido, en la pequeña tribuna de un campo de juego de béisbol. Fue un día para escuchar y amar, para pedir disculpas y perdonar. Y para decidir, años después, que el niño que llevo en el vientre se llamará, orgullosamente, Charley.

Mi nombre de casada es María Lang.

Antes de eso me llamaba María Benetto.

Chick Benetto fue mi padre.

Y lo que dijera mi padre, yo lo creía.

Agradecimientos

El autor quiere agradecer a Leslie Wells y Will Schwalbe por su edición; a Bob Miller por su paciencia y confianza; a Ellen Archer, Jane Comins, Katie Wainwright, Christine Ragasa, SallyAnne McCartin, Sarah Rucker y Maha Khalil por su incansable apoyo; a Phil Rose por su arte maravilloso; a Miriam Wenger y David Lott por sus ojos de lince.

Un agradecimiento especial para Kerri Alexander, que aún se ocupa de todo; para David Black, quien me manifestó su apoyo mediante incontables cenas en las que comimos pollo; y sobre todo para Janine, quien en las mañanas tranquilas escuchó esta historia, leída en voz alta, y le obsequió su primera sonrisa. Por último, desde luego, ya que se trata de una historia sobre una familia, muchas gracias a mi familia: los que me precedieron, los que me sobrevivirán y todos los que me rodean.

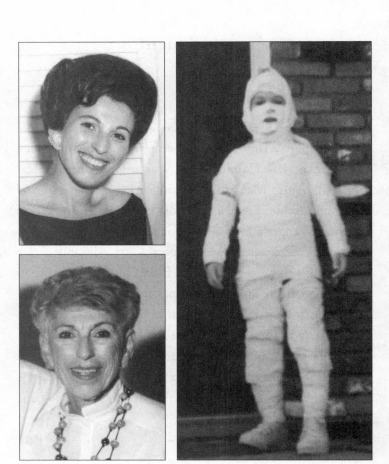

Este libro está dedicado con amor a Rhoda Albom, la mamá de la momia